Elina Haas

lichtmahr:e

Roman in Erzählungen
oder
Ein dystopischer Psychothriller

Buch: Glaubst du, dass deine schlimmsten Albträume wahr werden könnten? Auch, wenn du in einer nahen dystopischen Zukunft geboren wurdest?
Dann muss ich dich enttäuschen und gleichzeitig auch beruhigen.
Deine Albträume werden niemals Realität werden können. Es wird dir viel Schlimmeres widerfahren – in deinen Träumen!
Ein Wesen, welches mit den Schatten wandelt, hat sich tief in dein Bewusstsein eingenistet und steuert deine Träume. Tief in dir versteckt, injiziert es dir seine eigenen Albträume, die aus einer anderen Welt zu stammen scheinen. Träume, die deine eigenen Albträume wie ein Kindermärchen wirken lassen.

Du denkst, so ein Wesen kann nicht existieren; und falls doch, dass du dich vor ihm verstecken kannst?
Du irrst dich!
Die *LICHTMAHR:E* wird dich finden – und ihre Träume werden dich vernichten.

Autorin: Elina Haas ist seit ihrer Geburt 1987 in Mönichkirchen (Niederösterreich) aufgewachsen. Und doch hat es sie im Herbst 2009 nach Wien verschlagen, wo sie hauptberuflich als Bauleiterin das nötige Kleingeld für ihre kostspieligen Hobbys verdient. Zum Beispiel liebt sie es, die Welt zu bereisen. So hat sie eine zweite Heimat in Helsinki und dem restlichen Finnland gefunden, wo sie gern ihre Geschichten schreibt.
Im Sommer 2022 ist Elina nach Innsbruck/Tirol weitergezogen, um mit ihrer Partnerin zusammenzuleben.
Momentan Arbeitet Elina an der Fortsetzung von LICHTMAHR:E.

(04_2023)

Elina Haas

LICHTMAHR:E

20:81

<u>DANKE an mein (alb)TRAUM-TEAM:</u>

Tim Sklenitzka: Experte für „eh alles"
Althea Müller: Lektorat; www.altheamueller.com
Iris Lininger: Cover-Bild; www.facebook.com/iristattoos
Lisa & Vanessa: Probelesen, Feedback & vier offene Ohren

IMPRESSUM
3. Auflage, April 2023; Paperback
„LICHTMAHR:E": Roman in Eigenregie
© Elina Haas, November 2019
Verantwortlich für den gesamten Inhalt:
Elina Haas; 6020 Innsbruck, Österreich
E-Mail: elina.schreibt@gmail.com

Herstellung und Verlag: BoD – Books on Demand, Norderstedt

ISBN 978-3-7528-2261-8

Inhalt

Geisterhafte Schattenwesen
Folgen mir in jeden Raum
Dämonen, die niemals gewesen
Verjagen jeden Traum

Letztes Licht (2018) ©L'AME IMMORTELLE

BARNSBÖRD –
DIE AUSERWÄHLTE

JAHR 2075_11
FELICITY KRIS

Heute feiert Felicity ihren zehnten *Barnsbörd*. Bereits seit zehn Jahren ist sie schon auf dieser Welt, und das gilt es natürlich gebührend zu zelebrieren. Die ganze Zeit freut sie sich schon auf diesen einen Tag. Die letzten zwei Wochen hat sie von nichts anderem sprechen, an nichts anderes denken können. Dieser bevorstehende Tag ist das einzige Thema der vergangenen Wochen gewesen.

Es mag etwas verwunderlich klingen, dass Felicity ihren *Barnsbörd* feiert, jedoch ist es in der *KOLON!E* von *Halmstad-V* noch einigermaßen normal, dass man mit dem Nachwuchs bis zu einem Alter von zehn Jahren den *Barnsbörd* inszeniert. Denn ganz konnte diese alte Gepflogenheit aus dem früheren, schrecklichen Zeitalter, vor dem großen Krieg, bis jetzt nicht abgeschafft werden – noch nicht! Aber natürlich wird daran gearbeitet.

Felicity hat somit heute ihren letzten *Barnsbörd*. Nicht nur

Felicity, sondern auch die anderen elf heranwachsenden Kinder, die in dieser Klasse der *Aufzuchtstation* untergebracht sind. Das komplette Zimmer 1.01 erwartet also heute den letzten *Barnsbörd*. Und natürlich ist Felicity aufgeregt, genauso wie die anderen, denn niemand weiß, was nach diesem Tag mit ihnen passieren wird. Auch von den *EVAs*, den Erzieherinnen, gibt es keine Antworten auf solche Fragen. Sie verraten nichts darüber, wie sich der morgige Tag vollziehen wird.

Felicity, mit ihren schwarzen und dabei doch hell wirkenden Haaren, welche perfekt mit ihren grünlichen Augen harmonieren, denkt nicht im Geringsten daran, dass es etwas Schlimmes sein könnte. Im Gegenteil, sie ist fest davon überzeugt, dass es nur etwas Gutes und Schönes sein kann.

In den letzten zehn Jahren ist sie prächtig herangewachsen und hat sich vorzüglich entwickelt. Ihre bevorzugte *Tante* Laura ist sogar der Meinung, dass sie die Beste ihrer Klasse ist – mit dem fruchtbarsten Weiterentwicklungspotential. Felicity weiß nicht genau, was das bedeutet, aber sie denkt, dass sie es einmal weit nach oben bringen wird. Nach oben – wobei sie auch hiervon nicht weiß, wo genau das ist und was es eigentlich bedeutet.

Das junge Mädchen kann es nicht fassen, dass sie vermutlich etwas Besonderes ist, wenngleich die hohe Meinung der anderen sie natürlich im Stillen sehr freut. Sie hat den heimlichen Entschluss gefasst, sich ab jetzt sogar noch mehr anzustrengen, um die Beste von allen zu sein – und vielleicht noch besser als die, die sie selber noch nicht kennt. Es wird ein schöner *Barnsbörd* werden. Und das kommende Jahr wird ein super Jahr für sie. Das hofft und glaubt sie zumindest.

Endlich ist die Stunde gekommen. Felicity sitzt gespannt und voller Vorfreude mit den anderen elf Kindern von Zimmer 1.01 auf dem Boden. Zusammen bilden sie einen Kreis. Die drei

EVAs stehen hinter ihnen. Im Zentrum des Kreises steht der Kuchen aus *Nauth*. Diese spezielle Torte gibt es ausschließlich nur am *Barnsbörd*. Der Kuchen wurde bereits von einer *Tante* in zwölf gleich große Stücke geteilt. Alle Kinder warten gespannt auf das Zeichen der jüngsten *EVA,* damit sie endlich auf diese seltene Köstlichkeit zugreifen können.

Und dann kommt das ersehnte Zeichen – von der rothaarigen *Tante* Laura. Felicity ist als erste an der Reihe und nimmt sich ihr Stück. Die anderen Kinder folgen ringsum. Jedes Mädchen nimmt sich ruhig und gesittet ihren zugeteilten Teil. Alle warten ruhig, bis sich auch das letzte Kind – das mangelhafteste Mädchen der Klasse – sein Stück genommen hat. Und dann ist es soweit: Die *EVAs* geben das Zeichen zum Essen.

Genüsslich beißt Felicity – gleichzeitig mit allen anderen Kindern, als hätten sie es zuvor geprobt – in das Stück Kuchen. Lustvoll, aber doch nicht zu übereilt schlingt sie es Bissen für Bissen herunter. Ein herrliches und köstliches Stückchen *Nauth* ist es, und Felicity denkt, dass sie noch nie ein besseres gegessen hätte. Ein unbeschreiblicher, süßlicher Genuss.

Gierig leckt sich das Mädchen danach alle zehn Finger ab. Und als sie aufsieht, bemerkt sie, dass es ihr alle anderen Kinder gleichtun. Erst jetzt wird ihr bewusst, dass es der letzte Kuchen ihres Lebens war. Nie wieder wird sie so eine Torte bekommen. Und niemals wieder wird sie einen *Barnsbörd* zelebrieren.

An diesem Kuchen ist auch etwas anders gewesen, aber sie kann nicht sagen, was. Es war eigentlich kaum wahrzunehmen. Vielleicht täuscht sich Felicity auch nur. Als sie in die Runde blickt, sieht sie plötzlich, dass das mangelhafteste Mädchen mit einem Schlag umkippt und liegenbleibt. Dann folgt das nächste Kind, und darauf das übernächste. Mit schweigendem Entsetzen beobachtet das *Barnsbörd*-Kind dieses überraschende Schauspiel.

Alle elf Mädchen sind einfach so – vollkommen tonlos – nach hinten gefallen, und haben die Augen geschlossen.

Und auch zwei von den drei *EVAs* scheint es ähnlich zu ergehen. Obwohl sie kein Stück von dem Kuchen abbekommen haben, gehen nun auch sie schleichend in die Knie und fallen in einen dämmrigen Schlaf.

Jetzt merkt auch Felicity, dass ihr plötzlich schwarz vor Augen wird. Komplett schwarz.

Sie hat ihre Augen geöffnet, aber sie sieht nichts mehr. Sie weiß nicht, was hier gerade mit ihr und den anderen Mädchen passiert. Sie bekommt Angst.

Mit einem Mal merkt auch sie, wie ihr die Augen zufallen und ihr sitzender Körper umkippt. Voller Bewusstsein liegt sie am Boden – jedoch kann sie keinen Millimeter von sich mehr bewegen, nicht einmal ihre Augenlider.

Benommen und immer schwächer werdend sieht sie noch, wie eine helle Silhouette vor ihren benebelten Augen tanzt. Ein Wesen mit feuerrot leuchtendem Haar, dessen Körper in einem seltsamen weißen Gewand verhüllt ist, ist das Letzte gewesen, das Felicity mit ihren Augen sehen konnte, bevor die Schwärze gänzlich Einzug gehalten hatte.

Und dann. Ist da nur noch diese Stille.

Gefolgt von einem Schatten – flatterhaft wie eine Federmotte – der ihr lautlos etwas ins Ohr geflüstert hat.

She looks at you you can't resist - she'll hunt you she'll get you
And she will take you by the wrist - imprisoned and into
She'll take you to another place - oblivion you'll fall
And you'll be lost without a trace - sense nothing at all

She wore shadows (2003) ©ASP

Eins

Schatten.Wesen –

Svartálfaheimr: erster Akt
oder Realisation

Mit einem Schrei wache ich auf. Er ist nichts Unbekanntes. Nein, es ist derselbe schrille Schrei gewesen, derselbe laute Ton, welchen ich selbst verursacht habe. Wieder einmal, mitten in der Nacht, habe ich mich selbst geweckt – schweißgebadet, vollkommen durchnässt. Unkontrolliert hat mein Körper diese Flüssigkeit fast literweise ausgeschüttet. So stark, dass es nun unangenehm riecht. Um es treffender zu formulieren: Ich stinke. Mein eigener Geruch beißt ziemlich penetrant in meiner Nase. Doch das scheint in diesem Moment mein geringstes Problem zu sein.

Auch die klebende Feuchtigkeit, die mich in sich eingehüllt hat und den eigentlichen Verursacher des Gestanks darstellt, hat damit nichts zu tun. So sehr es mich auch stört, in meinen eigenen Ausdünstungen zu liegen, ist es dennoch als nachrangig zu betrachten. Tatsächlich mag ich es überhaupt nicht, dass die Decke über mir, das Laken unter mir und das Kissen, welches meinen Kopf eigentlich sanft betten sollte, so sehr an mir kleben, dass ich mich fast schon wie eingepackt fühle. Jedoch ist auch das, in Anbetracht der aktuellen Tatsachen, zu vernachlässigen.

Vielmehr beunruhigt mich der psychische Auslöser dieser harmlos erscheinenden Symptome. Es macht mir wirklich wieder Angst. Ich fürchte mich sogar davor. Schließlich ist es alles andere als normal, dass man sich selbst – schweißgebadet – mit einem lauten Schrei weckt. Noch dazu, wenn es sich um eine kühle Nacht im Winter handelt, und wenn die Temperatur im Apartment die vorgeschriebenen sechzehn Grad Celsius Plus beträgt.

Der Grund, warum ich mich selbst geweckt habe, ist derselbe, welcher mich in den letzten Wochen des Öfteren heimgesucht hat. Und heute war er besonders schlimm. Dieser Albtraum.

Ein Traum, der immer nach dem gleichen Schema abzulaufen scheint. Alle paar Tage, der nahezu identische Traum. Heute war er zwar ein wenig anders als sonst. Aber irgendwie doch derselbe vertraute Albtraum.

Noch viel beunruhigender ist die Tatsache, dass dieser Traum gar kein Albtraum ist. Das Ganze hat sich wirklich zugetragen. Ich habe es tatsächlich erlebt. Ich bin mittendrin gewesen und habe alles selbst am eigenen Leib miterlebt. Es gespürt. Hauptprotagonist in diesem wahren Albtraum bin ich selbst gewesen – und bin es immer noch. Das ist nicht schön. Und es ist viel mehr als bloß „beunruhigend". Das besagte Erlebnis habe ich nur mit Furcht und Angst überstanden. Und ich leide nach wie vor darunter, da es mich fortwährend in meinen Träumen heimsucht.

Ohne Vorwarnung oder sonst irgendeiner Andeutung, die ich hätte interpretieren können, griff mir der Junge plötzlich zwischen meine Beine. Einfach so, ohne ein Wort zu sagen, ohne einen Laut von sich zu geben; nur mit einem begierigen Blick in seinen Augen. Und das ohne auch nur mit der Wimper zu zucken.

Es kam so überraschend, dass sich mit einem Mal ein Schrei lösen wollte. Doch er blieb mir auf halbem Wege im Hals stecken – so erschrocken war ich in diesem Moment.

Seltsamerweise aber fühlte ich mich gleichzeitig auch angenehm berührt.

Als hätte ich es mir heimlich gewünscht, dass mich hier, genau an dieser Stelle, dieser eine Junge anfasst und meine intimste Zone begrapscht. Er hatte eindeutig den richtigen Punkt zur richtigen Zeit ertastet und statt einen Aufschrei hatte das etwas anderes ausgelöst. Die Stelle, die seine kleinen Finger streichelten, wurde mit einem Male feucht, ungeheuerlich feucht sogar.

»Aahhh«, und dann kam er doch noch, der stöhnende Aufschrei. Jedoch war ich mir nicht sicher, was ihn doch noch entfesselt hatte. Die plötzliche Berührung, ohne dass ich davor um Erlaubnis gefragt worden war, oder das abrupte Anfassen mit den zögerlichen Fingern.

Eine Begebenheit, von der ich mir doch im Geheimsten ersehnt hatte, dass sie genau so passieren würde?

War mein Aufschrei das Zeichen für ein unwohlbefindliches Ereignis – oder doch ein Stöhnen der Freude?

Ich wusste es nicht.

»Nimm deine Finger da weg«, fand ich dann doch noch die passenden Worte. Mein Bruder blickte mich verdutzt an: womöglich selbst überrascht von seiner Handlung und noch viel mehr von meiner vielsagenden, jedoch verwirrenden Reaktion nur wenige Sekunden zuvor. Er wusste wohl selber nicht, wie er in diese Situation geraten war und was er nun tun sollte. Denn unsere Beziehung zueinander war mehr als nur verworren.

Schließlich war er der Junge, mit welchem ich mir bereits seit Wochen – nein, es mussten längst schon einige Monate sein – das Bett teilte. Jedoch nicht freiwillig, sondern gezwungenermaßen. Hatten es die *EVAs* doch gewagt, mich in dieses Zimmer zu stecken: in einen viel zu kleinen Raum, in dem bereits zwölf Buben in zwölf Betten lagen. Und daher war ich hier die Dreizehnte.

Drei-Zehn war auch der Name, denn mir dieser Junge, mein vermeintlicher Bruder, gegeben hatte. Denn dies war der Bursche, zu dem mich die *EVAs* ins Bett gelegt hatten. Warum gerade zu ihm, das wussten wir beide nicht. Und er hatte mich deswegen nach dieser Nummer, dieser Zahl benannt, weil ich damals meinen eigenen und tatsächlichen Namen nicht mehr wusste und mir nicht einmal sicher war, ob ich vorher überhaupt jemals einen Namen gehabt hatte.

Auf alle Fälle waren wir uns in der Zeit, in der wir uns dieses viel zu kleine Bett teilen mussten, nähergekommen – viel näher, als es legitim gewesen wäre. Und das, obwohl wir uns anfangs fast gehasst hatten. Zumindest, mit immenser Überzeugung, ich ihn; und ich ging davon aus, dass er auch für mich so empfunden hatte.

Natürlich waren wir uns durchs Reden vertrauter geworden, nachdem wir irgendwann angefangen hatten, überhaupt miteinander zu sprechen. Anfangs hatten wir kaum Worte untereinander gewechselt. Doch eines Tages, nach Wochen und Monaten, wurde das Eis doch noch gebrochen – und wir waren mit der Zeit nahezu unzertrennlich geworden.

Dann aber kam jener Tag, wo doch nochmals alles anders werden sollte.

Es war der Tag gewesen, an dem mir zum ersten Mal aufgefallen war, dass meine Brust größer geworden war. Es dauerte danach trotzdem noch eine Weile, bis ich realisierte, dass mir wirklich Brüste wuchsen. Bis ich begriff, was dies für mich bedeutete. Bis mir klar wurde, was da überhaupt in mir vorging.

Dabei hatten mich die *EVAs* trotzdem zu diesem Jungen ins Bett gelegt. In ein Zimmer voller Buben. Mich, als einziges Mädchen.

So schweißgebadet bin ich schon lange nicht mehr gewesen. Ein schriller, ohrenbetäubender Ton hat mich aus meiner längst vergangenen Retrospektive gerissen. Der Alarm, genauer gesagt: der Weckruf. Es ist Zeit, aufzustehen, um mich frisch zu machen.

»Duschen. Ich muss dringend duschen!«

Und während mir dies durch den Kopf schießt, als hätte man in mir einen Schalter umgelegt, verblassen gleichzeitig die Erinnerungen an den Albtraum, der mich noch kurz zuvor aus dem Schlaf gerissen hat.

Mein schlaffer Körper geht nahezu von alleine in das morgendliche Ritual über, das durch den schrillenden Ton des Weckrufes ausgelöst worden ist. Als hätte ich selbst keinen Einfluss darauf. Der Ton hat in mir unterbewusst den reflexartigen Bewegungsablauf aktiviert.

Habe ich überhaupt noch Zeit zum Duschen?

Warum ich mich das eben frage, verstehe ich selber nicht. Dennoch rechne ich noch kurz nach. Zwei Stunden habe ich ab jetzt noch Zeit, bis ich in meiner zugeteilten Dienststelle sein muss. Fünf Minuten duschen, zehn Minuten anziehen und fünfzehn Minuten, die ich für den Weg brauche. Bleiben mir noch eineinhalb Stunden, in denen ich mich meinem Neuzugang widmen kann. Genug Zeit also – allerdings nicht, wenn ich mich nicht spute.

Denn vor allem am Anfang, wenn sie noch ganz frisch sind, darf man sie nicht vernachlässigen. Da brauchen sie Aufmerksamkeit und Zuwendung. Und die Zeit nehme ich mir gern, denn ich will nicht wieder eines verlieren. Schließlich ist das Allerschwerste, sie überhaupt zu bekommen. Hat man sie dann einmal sicher verwahrt, ist alles andere nur noch ein Kinderspiel – und bereitet in erster Linie sehr viel Spaß und Freude.

Ich mag diese Gedanken; diese Vorfreude, die mir durch den Kopf geht, während ich nahezu bewegungslos unter der Dusche stehe und mich einfach vom Wasser berieseln lasse. Selten bewege ich mich oder streife mich mit meinen Händen am Körper ab. Ich lasse das kühle Nass sich einfach über mich ergießen und ungestört seine Arbeit machen. Wie von selbst säubert es mich von den stinkenden, warmen Schweißperlen, die noch kurz zuvor aus meiner Haut getreten sind. Sie werden mit Leichtigkeit abgewaschen und verschwinden mit dem ganzen anderen Dreck im Abfluss.

Doch dadurch sind die fünf Minuten schneller als gedacht verflogen – und ich überlege mir, ob ich mir nicht doch noch weitere zwei Minuten Duschzeit gönnen soll. Jedoch hat der Strahl bereits aufgehört, während ich immer noch am Grübeln bin. Somit ist es auch schon wieder zu spät, um eine Entscheidung zu treffen. Ich spare mir das restliche Kontingent besser für den heutigen Abend auf. Da werde ich die Dusche sicher nötiger brauchen als jetzt.

Zeit zum Abtrocknen und um mich anzuziehen.

Meine Uniform liegt schon bereit. Ich werde sie die nächste Stunde tragen, bevor ich mich in meine offizielle Dienstkleidung hüllen muss. Gut, dass ich noch genug Zeit habe. Doch die Uniform ist flotter angezogen als gedacht. Die beinah tägliche Routine hat mich offensichtlich bereits sehr flink gemacht.

Dann noch einen kurzen Blick in den Spiegel werfen, den ich zwar bereits vor Monaten abgenommen habe, weil ich mein Spiegelbild zurzeit nicht sehen will. Doch der Blick an die nackte Wand, an der er gehangen hat, reicht mir aus, um mich in meiner Adjustierung zu bestätigen. Mein Schatten, der an den grauen, kalten Beton geworfen wird, zeigt mir alles, was ich sehen muss. Ich bin viel schöner als je zuvor. Innerlich wie äußerlich. Meine Projekte tun mir gut.

✳ ✳

Ich kann immer noch nicht glauben, dass ich eines Tages diese Räumlichkeiten entdeckt habe. Noch erstaunlicher ist die Tatsache, dass ich wohl die einzige Person bin, die davon weiß. Zumindest scheinen diese unterirdischen Gewölbe von den anderen vergessen worden zu sein. Bewusst oder unbewusst. Und was ich hier treibe, hat bis jetzt auch noch niemand herausgefunden. Oder vielleicht wollte es bis jetzt einfach keine Menschenseele herausfinden. Also habe ich hier fürs erste meine Ruhe – wie lange noch, ist jedoch fraglich.

Ein gut versteckter, allerdings leicht zugänglicher und etwas verkommener Kellerkomplex. Tief unter der neuen *KO-LON!E* von *Halmstad-V* vergraben, überbaut und zubetoniert. Überreste aus der Zeit, bevor der große Krieg stattgefunden hat und höchstwahrscheinlich sogar aus dem vorangegangenen Jahrhundert, als man diese Gegend noch 'Schweden' nannte. Ob dieser zusammenhängende Komplex überhaupt schon jemals von einem domizilierten *Kolobürger** betreten wurde, wage ich zu bezweifeln.

Doch es war perfekt für mein Vorhaben. Anders formuliert, war ich sowieso erst durch diese Entdeckung auf meine geniale, zukunftsträchtige Idee gekommen. Durch einen Zufall landete ich hier, und dennoch wurde wie aus dem Nichts diese Intuition geboren. Willkürlich, als hätte sie mir jemand Fremder ins Ohr geflüstert.

Davon abgesehen, ist diese Entdeckung die beste Therapie für mich. Nicht nur für mich, sondern auch für meine verlorenen Subjekte, denen ich ihre nötige psychische Heilung schuldig bin. Sie therapieren mich, indem ich sie therapiere.

Und dann, eines Tages, habe ich mich auf die Lauer gelegt und gewartet – sehr lange gewartet. Ich habe ausgeharrt, bis ich etwas Zweckmäßiges entdeckt hatte. Vorsichtig habe ich es verfolgt, mitten in der Nacht. So wie ich selbst, hat es sich nicht an die Ausgangssperre gehalten. Und das war sein Fehler – oder vielmehr sein Glück.

Denn ich weiß, wie ich unbemerkt draußen herumschleichen kann. Ich weiß, welche wenigen Winkel die Kameras nicht einsehen können. Ich wandle mit den Schatten. Lediglich verfolgt von einer Handvoll zuversichtlicher weißer Federmotten.

Oder sind es doch Schmetterlinge?

Ein Wunder, das es von mir zuerst entdeckt wurde – und nicht bereits Minuten zuvor von einem *Beschützer** aufgegriffen worden war. Wobei es kein großes Geheimnis ist, dass die nicht unbedingt die Intelligentesten sind. Vor allem die Nachtschicht kann nur mehr schlecht als recht ihren gegebenen, elementaren Aufgaben nachkommen. Lange kann es nicht mehr dauern, und der Staat wird sie wohl komplett durch eine bessere Einheit ersetzt haben – und die verbleibenden *Beschützer** nur noch für anspruchslose Assistenzdienste einsetzen.

Doch in jener Nacht kam mir dieser Umstand zugute, und ich konnte meine auserwählte Beute unbemerkt einfangen. Blitzschnell hatte ich es mit einer Spritze betäubt. Ein Narkotikum, das so schnell wirkt, dass das Opfer gar nicht erst registriert, dass es gestochen wurde. Es hat zwar einige Nebenwirkungen, die mir jedoch egal sind. Manche kamen mir sogar zugute.

Kaum war es bewusstlos, konnte ich den Körper über nichtüberwachte Umwege in mein großzügiges Versteck befördern. Keine Ahnung, wie viele Räume und Stockwerke dieser Komplex im Ganzen einnimmt. Doch ich habe ein paar für meine

Zwecke ideal geeignete Zimmer besetzt, die zentral von einem Korridor begehbar sind.

Und auf eine dieser Kammern mit verschlossener und vergitterter Türe steuere ich gerade zu. Öffne sie. Und trete ein.

✶ ✶ ✶

»Aufwachen, du elendiges Subjekt!«, schreie ich in den Raum, während ich noch nach dem Schalter für das Licht taste. Doch nicht das Geringste rührt sich. Als dann die Glühbirne endlich brennt und der helle Schein den bemitleidenswerten Körper umhüllt, bemerke ich aber natürlich sofort, dass es sich bewegen könnte, wenn es wollte – es hört wohl nur nicht auf mich.

Schließlich habe ich nicht vergessen, es gestern Abend noch aus der Folie zu wickeln, in die ich es von den Füßen bis zum Hals fest eingewickelt hatte – als sorgsame Sicherheitsmaßnahme für den Transport. So war es bewegungsunfähig und daher viel leichter und handlicher zu transportieren. Außerdem hatte es so noch den Vorteil, dass es weder mich noch sich selbst verletzen konnte bei möglichen Versuchen, herumzuzappeln, sich zu wehren oder gar zu entkommen.

»Du sollst dich erheben, du nutzloses Geschöpf!«, brülle ich, nachdem es sich nach einer gestrichenen Minute immer noch nicht bewegt hat. Langsam werde ich ungeduldig. Ich beobachte noch eine gute weitere Minute lang den nackten, geschundenen Körper in der Raummitte, der sich bis auf ein ständiges Zittern und Zucken immer noch nicht bewusst gerührt hat. Jetzt werde ich wirklich sauer. Ich hasse diesen Ungehorsam und die damit einhergehende Undankbarkeit.

Kann das denn wahr sein?

Mit schallenden und festen Schritten bewege ich mich auf den leblos wirkenden Körper zu. Ich komme ihm so nah, dass ich seinen faulenden Angstschweiß riechen und seine entweichende Furcht fast körperlich spüren kann. Noch während ich auf die Gestalt zuschreite, hole ich mit meinem rechten Fuß aus und verpasse dem neuen Subjekt einen festen, gezielten Tritt, direkt in die weiche Gegend zwischen Hüftknochen und Rippen.

Der nackte Körper zieht sich zwar zusammen – er hat es sehr hart abbekommen – bewegt sich jedoch noch immer nicht. Auch kann ich nicht den leisesten Ton vernehmen. Das macht mich noch wütender. Ich verpasse dem elendigen Ding mit meinen schweren Stiefeln einen noch festeren Tritt – genau an die gleiche Stelle. Es zuckt nun so heftig, als hätte sich sein Leib durch den Schmerz ein paar Zentimeter vom Boden erhoben, um anschließend wieder zurückzuschnallen. Doch es gehorcht mir noch immer nicht.

»Na gut, dann wollen wir dir noch etwas Zeit geben«, beschließe ich kurzerhand. Meine eben noch so große Wut weicht in Sekunden einer Art pragmatischer Ruhe: Von dem Subjekt kann ich zwar heute, an diesem bis vor kurzem noch wundervollen Morgen, wohl kaum irgendetwas erwarten. Es wird mir allerdings auch nicht entkommen können.

Forsch trete ich aus dem Zimmer und verschließe die Tür von [sUbjEkt_1.01x] hinter mir.

Eigentlich hätte ich jetzt immer noch genug Zeit, um mich um ein anderes Subjekt zu kümmern.

Doch um welches?

Und soll ich mich dafür umziehen?

Ich hatte dem Jungen erlaubt – oder hatte ihn besser gesagt darum gebeten – mir an meine Brüste zu fassen. Er war mehr als erstaunt über die Erlaubnis, die noch dazu vielmehr einer Bitte gleichkam. Aber irgendwie musste ich es ihm erlauben. Und tief in meinem Inneren wollte ich es ja auch selbst. Davon abgesehen, ob und wie intensiv er mich immer wieder beobachtete, ja: Ich wollte es auch selbst.

Vor einiger Zeit hatte ich damit angefangen, mir die Brüste mit einem langen Stoffstreifen abzubinden, nachdem ich bemerkt hatte, dass sie von Tag zu Tag immer größer zu werden schienen. Dabei hatte mich mein Bruder stets mit begierigen Blicken beobachtet. Seine Versuche, dabei so unauffällig wie möglich, nahezu beiläufig, zu erscheinen, schlugen immer fehl. Denn ich konnte es ihm jedes Mal ansehen: Seine Augen verfolgten jede Bewegung, wenn ich mir die dünnen gewebten Stoffstreifen über die Brustwarzen straffte. Ich wollte nicht, dass die *EVAs* bemerkten, dass ich ein Mädchen war. Zumindest erklärte ich das so dem Jungen.

Als er schließlich das erste Mal meine Brüste berührte, kam ein unbekanntes Gefühl in mir hoch, das ich nur schwer beschreiben konnte. Eine Mischung aus Angst, Erregung und etwas Andersartigem, das sich jedoch angenehm anfühlte. Und meinem Bruder schien es auch zu gefallen. Er knetete und befühlte die Brüste so minuziös, als würde er dies bereits ein Leben lang machen. Dabei war ich mir sicher, dass er es zum ersten Mal tat. Das hatten mir doch sein anfängliches Zögern und der verwirrte Blick verraten.

Es ging solange gut, bis plötzlich alles in mir kribbelte, ich aufschreien musste, dabei stöhnte und nach hinten kippte. Das Ganze wurde begleitet von einer schweren Atmung und der Tatsache, dass ich für Minuten meine Gliedmaßen nicht mehr bewegen konnte, während mir mein eigener Schweiß unangenehm in der Nase biss.

Ich war verwirrt. Was war das?

Stimmte noch alles mit mir?

»Was führt dich so unverhofft zu mir, mein Kind?«, reisst mich die Äußerung aus den Gedanken. Gestellt wird sie von der Person, die mir in meinem Leben am meisten bedeutet – und die mir gerade am Tisch gegenübersitzt. Ich habe mich an ihren Tisch gedrängt. In ihr Wohnabteil.

»Darf ich denn nicht einfach so meine *Tante* besuchen?«, entgegne ich der älteren, freundlichen Frau mit den feuerroten Haaren, nachdem ich wieder nahezu vollständig in der Wirklichkeit angekommen bin.

»Du bist in den letzten vier Jahren nicht ein einziges Mal ohne einen bestimmten Grund bei mir aufgetaucht, oder vielmehr unangemeldet in meine Privatsphäre eingedrungen«, meint sie wissend. »Du hast immer etwas loswerden wollen oder Hilfe gebraucht. Und ich habe dich nie abgewiesen, sondern dich bedingungslos unterstützt, soweit es mir möglich war. Also versuch erst gar nicht, mir ein Märchen zu erzählen, sondern raus jetzt mit der Sprache. Was ist los?«, belehrt mich meine unfreiwillige Gastgeberin ganz ruhig. Sie macht eine kurze Pause, holt tief Luft und setzt noch ein wenig verärgert nach: »Und zum wiederholten Male: Nenn mich nicht *Tante*! Ich bin nicht deine *Tante*! Nicht mehr!«

»Aber du hast mich doch großgezogen«, entgegne ich etwas eingeschüchtert.

»Ich habe dich aufgezogen und vor allem erzogen, bis zu deinem zehnten *Barnsbörd*!«

»Das sind ja alles Dinge, die eine *Tante* so macht.«

»Trotzdem bin ich nicht deine oder irgendjemandes *Tante*

mehr! Ich bin nach wie vor eine *EVA*. Und ja, ich war auch deine *EVA*, neben den hunderten anderen heranwachsenden Zöglingen, deren *EVA* ich genauso war und noch bin. Du bist zu alt, um eine *Tante* zu haben. *Tanten* gibt es nur für Kinder bis zum zehnten *Barnsbörd*.«

»Aber?«

»Nichts aber! [11-F65]! Hör auf, mich *Tante* zu nennen, und vor allem, mich als deine *Tante* zu bezeichnen. Wenn du schon nach einem Namen für mich suchst, dann nenne mich Laura.«

»Und warum musstest du mich jetzt wieder [11-F65] nennen? Du weißt, dass ich das nicht mag«, entgegne ich ihr jetzt und bin kurz davor, in Tränen auszubrechen.

»Verzeih mir, Felicity. Aber versteh mich doch auch; das muss aufhören. Es gibt keine *Tanten*, so wie du das gerne hättest. Das hat es früher vielleicht einmal gegeben, vor Jahrzehnten. Aber heute ist dieses veraltete Konstrukt nur noch eine Phantasie von dir, eine Wunschvorstellung«, lenkt meine ehemalige Erzieherin mit bestimmter und gleichzeitig sanfter Stimme nun rasch ein. Ich habe den Blick von ihren giftgrünen Augen abgewendet, da ich mich indirekt von ihnen geblendet fühle, und starre auf die Tischplatte zwischen uns.

Ich nicke nur stumm, um ihre Worte zu bestätigen und zu signalisieren, dass ich sie verstanden habe. Dann tritt ein kurzes Schweigen ein. Lediglich unsere sachten Atemzüge kann man vernehmen, während mir eine sanfte Brise von Seeluft in die Nase steigt, die von der Lüftungsanlage verbreitet wird. Der Geruch passt zum Flair von Lauras Apartment, obwohl es im Grunde genommen mit den vielen hundert anderen Wohneinheiten hier in der *KOLON!E* ident ist. Und doch ist hier etwas anders. Zumindest empfinde ich das so.

»Ich habe es schon wieder getan«, strömen die Worte mit einem Mal ganz hastig aus mir heraus, nachdem mir die bedrückende Stille dann doch zu unangenehm geworden ist. Ich hebe den Kopf und blicke ihr ins Gesicht. Plötzlich bin ich ganz ruhig.

»Was hast du getan, Felicity?«

»Ich habe es wieder gemacht.«

»Was?«

Ich kann in ihrem Gesichtsausdruck lesen, dass sie die Antwort bereits weiß, aber am liebsten nicht wüsste – und schon gar nicht von mir hören will. Auch, wenn sie nachfragt. Auch, wenn sie so tut, als würde sie sie hören wollen.

»Das, was mir die Schatten befohlen haben«, kommt es mir nun – mit einem Male kalt und gleichgültig – über die Lippen. Die ehrwürdige *EVA* mir gegenüber öffnet den Mund. Aber es kommt kein Laut heraus. Ihre giftgrünen Augen sind aufgerissen. Doch jetzt fühle ich mich von ihnen nicht mehr geblendet.

Das [sUbjEkt_1.01x] werde ich wohl leider nicht mehr lange behalten können. Es ist sowas von ungehorsam. Dabei hat es doch so gut mit ihm angefangen. Aber letztendlich werde ich mich ihm wohl entledigen müssen. Und ehrlich gesagt: Um dieses armselige und faule Wesen tut es mir im Moment überhaupt nicht leid.

Ich habe ihm nun noch vierundzwanzig Stunden gegeben, als letzte Chance, sich in seinem neuen Zuhause einzuleben. Und zu gehorchen.

Doch als ich am nächsten Morgen die vertraute Zelle betrete, liegt es immer noch genauso da wie gestern. Als hätte es sich seit meinem letzten Besuch keinen Zentimeter bewegt. Meine Wut steigt ins Unermessliche.

Wieder schreie ich das Subjekt an, gebe ihm scharfe Befehle. Doch es gehorcht mir abermals nicht. Selbst als ich es trete – diesmal sicherlich fünfmal hintereinander – rührt es sich nicht. Nicht einmal mehr ein Zucken. Gar nichts. Ich halte inne und lausche in das Zimmer. Kein einziger Laut. Nicht einmal ein Atmen, abgesehen von meinem eigenen, kann ich ausmachen.

Was ist da passiert?

Auch als ich es mit den Händen berühre, die in schwarzen Latexhandschuhen stecken, geschieht nichts. Ich will den Puls fühlen, doch er scheint verschwunden zu sein.

Scheiße, ist es tot?

Entrüstet hole ich mit meinem rechten Fuß aus und ziele mit dem schweren schwarzen Stiefel mitten auf das Brustbein des undankbaren Subjekts. So verärgert wie ich gerade bin, trete ich gleich mehrmals zu. Immer wieder auf den Brustbereich. Durch die Wucht des Aufpralls rutscht der leichte Körper zwar jeweils einige Zentimeter den Boden entlang. Doch ansonsten geschieht nichts. Nach einigen Wiederholungen reicht es mir, und ich höre nahezu lustlos mit dieser offensichtlich sinnlosen Gewalt auf.

Ich hätte nicht gedacht, dass es so schnell sterben würde. Ich war mir sicher, dass, wenn es nur einige Wochen oder Monate durchhält, die Chancen sehr vielversprechend sind, dass es überlebt.

Aber so?

Dabei habe ich alles richtig gemacht. Mich so sehr angestrengt. Es muss wohl vorher schon krank gewesen sein oder einen anderen Schaden gehabt haben.

Wie mich das ärgert! Und auch ein bisschen traurig macht. Wütend trete ich aus dem Zimmer und schlage die Gittertür hinter mir zu. Es knallt nahezu ohrenbetäubend, als sie ins Schloss fällt. Nackter Stahl prallt auf nackten Stahl.

Den Kadaver werde ich ein anderes Mal wegräumen müssen. Jetzt habe ich keine Lust mehr dazu. Ich bin für heute hier fertig. Ich will weg von hier. Nach oben! Nach draußen!

✴ ✴

Da waren sie schon wieder! Diese fremden Finger zwischen meinen Beinen, und doch schienen sie mir vertraut. Zwar die Finger meines Bruders, doch gehörten sie nicht dahin: in meine intimste Zone.

Die zweite Nacht in Folge, in der mich dieser Traum heimgesucht hat und mich frühmorgens aufschrecken lässt. Ich bin schweißgebadet, als wäre ich mitsamt meiner luftigen Nachtwäsche ins Wasser gesprungen. Sie klebt so stark an mir. Klatschnass und zehnmal schwerer als sonst, ganz so, als wäre ich gerade aus einem Pool gestiegen. So schön der Gedanke auch sein mag, den Zustand mit dieser Vorstellung zu überspielen, so sehr ekelt es mich trotzdem davor. Schließlich handelt es sich doch nur um meinen kalten, miefigen Schweiß. Dass ich in meinen eigenen Körperausdünstungen aufgewacht bin, stört mich dabei jedoch kaum. Sondern vielmehr der Traum, der dieses Schweißbad verursacht hat; die Finger des Jungen zwischen meinen Beinen. Obwohl ich die Handlung damals zugelassen – eigentlich sogar provoziert – habe, verfolgt mich diese Verfehlung selbst heute noch. Und zwar erheblich.

Dabei kann ich gar nicht sagen, weshalb und warum es mich dermaßen stört. Nicht einmal einen plausiblen Verdacht habe ich. Doch da, tief in meinem Inneren ist etwas, das mich pausenlos beunruhigt. Mir Angst macht und mich gleichzeitig mit einer seltsamen Ungewissheit bedrückt; fortlaufend. Dieser Gedanke, die versteckte Erinnerung muss irgendwo ganz tief in meinem Gehirn verankert sein.

Jedoch nicht so sehr im Verborgenen, dass sie nicht immer wieder unbewusst von neuem abgerufen würde, um diese schrecklichen Träume auszulösen. Vielmehr genau diesen einen, speziellen Albtraum. Ich kenne nur diesen einen Traum. Ansonsten kenne ich keine anderen Phantasien, die mir mein Gehirn nachts so lebhaft, so bildgewaltig vorspielt, wenn ich doch gerade nur schlafen will.

Nur dieser eine Albtraum ist es, der größtenteils aus einer realen Erinnerung besteht, von der ich zu glauben weiß, dass sie so passiert ist. Vermutlich.

Nur dunkel vermag ich mich daran zu erinnern, was sich damals abgespielt hat – und warum es mir solchen Schrecken bereitet, dass mir nachts immer wieder der kalte Angstschweiß über die Stirn rinnt.

Mein vermeintlicher Bruder hatte etwas gefühlt, was er nicht hätte fühlen sollen. Er hatte irgendetwas entdeckt, das er nicht hätte entdecken sollen.

Ein kleiner Körperteil, von dem ich bis dahin nicht gewusst hatte, dass er überhaupt da ist und genau dort existiert. Ein Teil, den ich nicht hätte haben dürfen und der dennoch, vermutlich seit meinem ersten Lebenstag, seit dem *Barnsbörd* vorhanden ist.

Doch jetzt, Jahre später, ist er auf einmal nicht mehr da. Er scheint einfach verschwunden zu sein. Allerdings bin ich mir ziemlich sicher, dass er damals da war – und ich exakt dort diese seltsame Berührung gefühlt hatte. Genau dort, zwischen meinen Beinen.

Oder hat sich dieser Teil meines Körpers nur vorübergehend zurückgezogen?

Wie du die grauen Motten hasst -
sie sind im Bunde mit dem Garten,
In dem nach Sonnenuntergang,
hässliche Wesen auf Dich warten.
Wenn über Dir das Dunkel wächst,
die Tannen reden und die Lichter
hinter die Backsteinmauer flieh'n,
dann formt der Wind ihre Gesichter.

Lichtbestäubt (2009) ©SAMSAS TRAUM

Zwei

LichtVerzehr –

Licht & Dunkel: Folge I
oder Emmelina Monodactyla

Ein Frühling vor dem Jahre 2081
[sUbjEkt_1.01x]

[sUbjEkt_1.01x] – und dann wachst du auf – hier in diesen dunklen Räumen. Du schweifst mit deinen Augen umher. Doch wegen der Finsternis kannst du kaum etwas erkennen. Du bemerkst nur die Schatten, die sich von den dunkelgrauen Wänden abheben, und dennoch siehst du nichts.

Wie ein Gemälde wirken diese Räume. Schwarze Träume, gemalt auf grauen Grund – Farben, die aus deiner Fantasie gemischt wurden. Albträume verzieren die Umgebung. Dem Anschein nach ist sie neu, und doch scheint es so, als wärst du schon einmal hier gewesen.

Die Tür, dieses verschlossene Gitter, steht offen – bis jetzt war sie immer verriegelt. Daher beschließt du, darauf zuzugehen und einfach hindurch zu laufen und in der schwarzen Wand aus Luft zu verschwinden. Wer oder was soll dich davon abhalten?

{die Alben}

Du fürchtest dich nicht mehr vor ihnen.

Schatten brauchen Licht, um existieren zu können, genauso wie Federmotten. Hier gibt es aber kein Licht – nicht mehr. Der Sonne – mag sie noch so mächtig sein – ist es verwehrt, soweit vorzudringen. Zu tief und zu weit von der Außenwelt abgeschnitten liegt dieser düstere Ort.

Und dann hat sich der Schatten doch noch bewegt – wie eine Federmotte, die mit ihren Flügeln schlägt. Sie ist geflüchtet vor dir, hat sich lautlos entfernt. Doch du hast es vernommen – und kurzerhand beschlossen, ihr zu folgen.

Den Käfig und die umliegenden Räume hast du längst hinter dir gelassen. Geschunden und mit Blut an deinen Fingern – an den rauen Wänden hast du sie dir mehrfach abgeschürft – tastest du dich an den Mauern entlang.

Nur Schritt für Schritt kommst du allmählich voran. Jeder neue Korridor scheint noch dunkler und kälter als der vorangegangene zu sein. Kein Lichtlein leuchtet dir den Weg in dieser Finsternis. Nichts kannst du sehen, kaum etwas erkennen – hier irgendetwas zu finden, ist unmöglich. Und dennoch bist du weiterhin auf der Suche.

Viel hast du noch nicht entdeckt. Nur den Schmerz in dir, den hast du erspürt. Er hat dich sofort gefunden. Du hast dich nicht gewehrt, nicht dagegen angekämpft. Vollkommen hast du dich ihm hingegeben, diesem Leiden. Es hat deine Gedanken eingenommen und dirigiert dich nun durch die Unterwelt. Mit den Händen hinterlässt du eine Spur – eine Blutspur – an den Wänden. So tastest du dich immer weiter voran. Das Licht hat sich kaum in diese befremdliche Schwärze gemischt. Gleichzeitig lindert die Kälte der Mauern deine Schmerzen.

[sUbjEkt_1.01x] – allmählich wird die Wand, die du soeben entlang streifst, immer wärmer. Von der vorangegangenen Kälte spürst du in diesem Bereich nichts mehr.

{was soll das bedeuten}
{wo haben mich meine Gedanken hingeleitet}
{hier muss es etwas geben, doch will ich es überhaupt erfahren}

Und mit einem Mal fühlst du dich geblendet. Ein schwacher Lichtschein, ein Streifen, der mit deinen Augen bricht. Du musst sie für Sekunden schließen, weil dieser unerwartete Schein in ihnen schmerzt. Nur langsam gewöhnst du dich an das rare Licht; und du weichst einen Schritt zurück.

Erst als du wieder klarsehen kannst und deine Augen kaum mehr brennen, wagst du noch einmal, voranzugehen. Sogar einen Schritt mehr als zuvor. Und nun vermagst du es auch zu erkennen: Der Lichtstrahl hat sich durch eine Öffnung gedrängt. Eine Tür, einen Spalt breit offen, wirft den grellen Schein in den dunklen Korridor.

Vorsichtig näherst du dich dem Lichtbalken – instinktiv wie eine Motte – bis du die sanfte Wärme an den Wangen spürst. Ein kühler Windhauch bläst dir ins Gesicht. Bescheidene Hitze und frostige Kälte vernimmst du gleichzeitig an deiner Hand, als du sie zwischen den Spalt schiebst. Und noch etwas Vertrautes nimmst du wahr: Die kühle Brise bringt auch klare Luft mit sich. Nicht muffig und verbraucht. Sondern frisch, als wäre sie noch nie durch eine Lunge geatmet worden.

Während du innehältst, nimmst du einen kräftigen, tiefen und langen Atemzug von der ausströmenden Luft. Du weißt nicht, wo sie herkommt, doch du riskierst das Einatmen dieser unverbrauchten Luft. Denn du glaubst zu wissen, dass sie dir guttun wird. Und du liegst richtig. Denn mit der wunderbaren frischen Luft, die in deine Atemwege gelangt, kommen auch neue Kräfte mit in deinen Körper – und du fühlst dich gestärkt.

[sUbjEkt_1.01x] – dann ist es an der Zeit, hinter diese seltsame Tür zu blicken. Du willst – nein, du musst – sehen, was sich dahinter verbirgt. Was die Quelle des Lichtes ist. All deinen

noch vorhandenen Mut nimmst du zusammen und drückst die Tür mit deiner blutverschmierten Hand tiefer in jenen unbekannten Raum, der sich rückseitig versteckt. Immer mehr heißes, grelles Licht bahnt sich seinen Weg zu dir.

Es blendet dich nun so stark, dass es erneut in den Augen schmerzt. Du willst ihm entkommen, doch es hält dich bereits gefangen – es hat dich in den Bann gezogen. Deinen Körper kannst du nicht mehr kontrollieren, das Licht steuert dich. Deshalb gehst du direkt darauf zu, ohne noch einmal zu versuchen, dich davon abzuwenden. Es will dich. Es zieht dich an, als wolle es dich verzehren.

Das Licht hat dich an sich gekettet. Umgibt dich. Befreit dich von der umgebenden Schwärze und verschlingt dich bis zum letzten Augenblick. Und dann bist du hier gefangen, in diesem Licht, das langsam bricht und in dir die Dunkelheit entfacht.

✶ ✶

[sUbjEkt_1.01x] – SCHMERZ! Gefangen im Licht ist Schmerz der allererste Gedanke, der dir durch den Kopf geht – und sich gleichzeitig und physisch blitzschnell in deinem Körper vollkommen ausbreitete – bis du wieder zu Bewusstsein gekommen bist. Ein unerträgliches Leiden, das dir das Gefühl gibt, sofort sterben zu wollen. Du spürst es von den Zehen durchgehend bis in den Schädel. Er scheint sich komplett in deinem Gehirn zu konzentrieren.

{doch woher kommt dieser Schmerz}
{was hat ihn verursacht}

Alle Versuche, dich zu bewegen, misslingen dir. Du spürst zwar das Leiden in deinem Körper, doch du bist nicht Eigentümer über diesen Leib. Keinen einzigen deiner Muskeln kannst du

regen, du bist nicht einmal fähig, den kleinen Finger zu heben
– nicht einen kurzen Millimeter. Eine unbekannte Kraft hält
dich am Grund. Ein unwirkliches Gewicht, welches dich gen
Boden drückt.

Eine gespenstische Kälte will sich stetig über den nackten
Rücken in deine Körperhülle bohren. Du bist von der kühlen
Luft regelrecht umgeben – obwohl du weißt, dass du am Boden liegst. Du kannst das Licht nicht sehen (die Augen sind immer noch geschlossen), doch du fühlst es, wie es dich umhüllt
– wie du in ihm eingeschlossen bist.

{wo bin ich}

Du wagst einen weiteren Versuch – genau genommen erst den
zweiten. Doch jetzt konzentrierst du all deine Kraft auf die Augenlider. Diese kleinen, schwachen Hautlappen müssen sich
doch bewegen lassen – sich öffnen! Aber es scheint, als würde
auch dafür keine Energie vorhanden sein. Du sammelst deine
Gedanken und konzentrierst dich nur auf ein einzelnes Lid –
doch auch das gelingt dir nicht einmal im Ansatz.

[sUbjEkt_1.01x] – es ist Zeit, deine Sinne abzurufen.

{zeit meine Sinne zu kontrollieren}

Der Sehsinn funktioniert nicht. Zumindest weißt du es nicht –
weil sich die Augen einfach nicht öffnen lassen. Also erst einmal unbrauchbar.

{ich sehe schwarz}

Der Tastsinn hat dich nicht im Stich gelassen. Gleich zu aller-
erst hast du festgestellt, dass sich dein Rücken auf einem harten, kalten und vollkommen unnachgiebigen Untergrund befindet. Gleichzeitig jedoch spürst du einen heftigen, nicht physisch vorhandenen Druck von oben auf dich wirken.

Gibt es auch hier eine Fehlfunktion?

{ich fühle eisige Härte}

Gut, dann zum nächsten Sinn.

Schmecken?

Okay, das kannst du momentan wohl ganz vergessen. Dir wird jetzt wohl kaum zufällig ein Geschmacksträger in den Mund fallen, um diese Funktion abzutesten.

{schmecke ich blutiges Metall}

Was kommt als nächstes?

Probieren wir es mit Riechen. Kannst du einen Geruch wahrnehmen?

Du weißt es nicht?

Dann würde ich vorschlagen, dass du jetzt eine ordentliche Nase voll einatmest.

Und wie ist es?

Natürlich ist dir zum Kotzen zumute.

Du kannst nicht genau sagen, was es ist, aber an dem Ort, an dem du dich befindest, stinkt es – und zwar gewaltig. Ein böser Cocktail aus den übelsten Gerüchen, die du dir früher nicht einmal im Traum hättest ausmalen können. Belassen wir es also für jetzt dabei, dass es scheußlich riecht.

{es stinkt hier nach mehr als nur nach Scheiße}

Und zu guter Letzt – was hast du noch vergessen?

Richtig – konzentriere dich auf deine Ohren und lausche in die Dunkelheit.

Was hörst du?

Viel ist nicht zu vernehmen.

Das erste, das du hörst oder besser gesagt bemerkst, ist dein eigenes Atmen. Das ist schon einmal ein positives Zeichen. Du weißt, dass du lebst, sonst würdest du nicht Luft holen. Du hoffst zumindest, dass es deine eigenen Atemgeräusche sind. Ansonsten hörst du gerade nichts, kein Geräusch, das etwas verraten könnte.

{möglicherweise bin ich doch taub}

{oder höre ich da ein Flattern}

[sUbjEkt_1.01x] – deine wenigen frischen Erkenntnisse lässt du dir noch einmal in Ruhe durch den Kopf gehen (schließlich hast du die Zeit dazu). Versuchst, sie zu ordnen, um Antworten zu finden. Doch es gibt keine klare Erklärung auf die Frage, wo du dich befindest. Was du sagen kannst, ist, dass du dich an einem dunklen, kalten, feuchten und geräuschlosen Ort aufhältst – zum Aufenthalt gezwungen wirst. Du könntest gerade überall und nirgendwo sein.

Und immer noch fragst du dich, warum es dir nicht möglich ist, die Augen zu öffnen.

Das Sehen ist dein stärkster Sinn – dein fähigster Sinn, in Anbetracht dieser ungewohnten Situation. Einfach die Lider nach oben zu schieben, würde dir momentan vieles leichter machen. Doch du hast es aufgeben – die Augen wollen sich nicht öffnen lassen. Du bist in deiner eigenen Finsternis gefangen. Einer Dunkelheit, von Licht gespeist. Und dennoch dringt kein Lichtschimmer zu dir durch. Du bist in dir selbst eingeschlossen und kannst dir nicht entkommen.

[sUbjEkt_1.01x] – und dann fühlst du etwas Neues. Es ist nicht der Druck auf den Körper. Der ist weder stärker geworden noch hat er abgenommen. Jedoch wirkt nun noch irgendetwas anderes auf deinen nackten Leib ein (du bist dir ziemlich sicher, dass du keine Kleidung trägst).

{warum bin ich nackt}

Etwas Feuchtes umgibt deine Gestalt. Es fühlt sich nicht so richtig nass an, doch, ja: Es ist auf eine gewisse Art und Weise feucht. Es scheint nicht so kalt wie die restliche Umgebung zu sein und wärmer als der Boden, auf dem du liegst.

Du sammelst dich noch einmal – obwohl es unter diesen abnormalen und mysteriösen Umständen alles andere als leicht ist. Denn du kennst die Feuchtigkeit, die sich um deine Haut schmiegt. Du bist dir ganz sicher, sie zu kennen. Du kannst dich nur momentan nicht daran erinnern. Woher sie ist und vor allem, was sie ist.

Du willst zurzeit nicht daran denken, willst nicht deine kostbare restliche Energie darauf konzentrieren. Vielmehr fragst du dich, wo du bist und vor allem, wie du hierhergekommen bist. Leider kannst du dich überhaupt nicht erinnern.

Die letzten Stunden, die vergangenen Tage sind mit einem Mal aus deinem Gehirn verschwunden. Nichts mehr von alldem ist da, was dir weiterhelfen könnte. Nicht das Geringste.

Nur der Schmerz ist dir geblieben.

{AUA}

* * *

[sUbjEkt_1.01x] – Du kommst wieder zu dir. Du bist eingeschlafen oder ohnmächtig geworden und du hast keinen blassen Schimmer davon, wie lange du weggetreten gewesen bist. Es könnten Minuten, Stunden oder sogar Tage vergangen sein. Du kannst es nicht sagen und das macht dir Angst.

Doch eines weißt du ganz bestimmt noch. Dass du hier in diesem feuchten, dunklen, unbekannten Käfig gefangen bist und vollkommen bewegungsunfähig auf dem harten, kalten Boden liegst. Nur von einer wässrigen Wärme umgeben, die sich kontinuierlich um deinen Körper schmiegt.

Doch da muss jetzt noch eine weitere, eine zweite Flüssigkeit sein, die sich auf deinem Leib befindet. Du kannst dich nur noch vage daran erinnern – bevor du weggetreten bist. Zur gleichen Zeit, als dir schwarz vor Augen wurde, ist dir auch dermaßen übel geworden, dass du dich binnen Sekunden übergeben musstest. Einige schreckliche Minuten lang hast du dich hilflos selbst vollgekotzt. Die Magenflüssigkeit muss sich über deinen ganzen Oberkörper ergossen haben.

Du bist froh, dass du es nicht sehen kannst. Doch du spürst diese bittere, klebrige Flüssigkeit auf der Haut – wie sie an dir festhaftet und nun beginnt, sich zu verkrusten. Du registrierst ein leichtes Ziehen auf deiner Haut – an hunderten Stellen gleichzeitig.

Und nicht nur das. Du riechst dein Erbrochenes, und es entwickelt sich allmählich zu einem immer übler werdenden Gestank, der schon fast so penetrant ist, dass du von deiner eigenen Kotze kotzen könntest. Doch du versuchst es dir zu verkneifen – noch. Ein Wunder, dass du noch nicht erstickt bist. Glücklicherweise scheint dein Magen bereits vollkommen leer von Flüssigkeiten zu sein, die man noch erbrechen könnte.

[sUbjEkt_1.01x] – wenn du dich schon nicht erinnern kannst, wie du hierhergekommen bist und wo du bist – erscheint es dir eventuell möglich, festzustellen, wer du bist oder was du bist? Vielleicht kann dir die Person, die du selbst bist, Aufschluss darüber geben, wo du bist.

{wer bist du}

{warum bist du hier}

Du musst jemand sein, sonst hätten sie dich nicht hierhergebracht. Eingesperrt in diese lichtverzehrende Finsternis. Abgelegt und kaltgestellt an diesem fremden Ort.

Doch auch auf diese Fragen findest du keine Antworten, obwohl du weißt, dass letztere tief in deinem Inneren verborgen sind. Sie verstecken sich vor dir, wie die Federmotten vor der Dunkelheit. Vielleicht tun sie das, damit sie dich vor dir selbst beschützen. Ein körpereigener Schutzmechanismus. Nur zu deinem Besten.

Kann das möglich sein?

Wenn ja, dann musst du ein wichtiges Individuum sein, hier in der *KOLON!E.*

{die KOLON!E}

Oh! Ein erstes Bruchstück, das dir weiterhelfen kann auf der Suche nach dir selbst. Du hältst an dem Fragment deiner eigenen Vergangenheit fest. Du klammerst dich regelrecht daran. Du willst es entdecken, du musst es erforschen, um wieder neu zu begreifen, wer du bist und was du bist. Und dann wirst du auch herausfinden, wo du bist und wer dich hierhergebracht hat.

Doch dann wird es plötzlich LICHT.

* * * *

{LICHT – nein, dies kann kein Licht sein}

[sUbjEkt_1.01x] – aber es ist doch ein Licht. Ein Leuchten, welches dich so enorm blendet, dass du wieder kurzzeitig zu erblinden scheinst. Es ist zu grell für deine Augen, selbst unter den fest verschlossenen Lidern. Neue Schmerzen machen sich in dir breit. Die Iris verkraftet dieses Leuchten nicht und daher krümmt sich dein ganzer Köper vor Pein. Ein Leiden verursacht durch Licht.

Für einen Augenblick nur hattest du doch die Augen offen, aber nach diesen Millisekunden musst du sie sofort wieder schließen, weil es einfach unerträglich ist. Du kannst das Licht nicht länger sehen, doch du spürst es immer noch, wie es versucht, sich durch die Lider zu brennen. Aber du bleibst standhaft. Nicht einmal ein Blinzeln willst du riskieren. Du presst deine Augenlider mit aller Kraft zusammen, so stark, dass es dir beinahe die Tränen aus den Augenwinkeln treibt.

Und dann hörst du plötzlich diese Stimme. Eine Tonfolge, die du noch niemals zuvor gehört hast und die dir dennoch vertraut vorkommt. Doch wo kommt dieser Klang auf einmal her? Du versuchst, deinen Kopf zu drehen, doch du kannst die Position der fremdartigen Stimme nicht orten. Es war nur ein Satz, den – mit ziemlicher Sicherheit – eine Mädchenstimme von sich gegeben hat. Doch dann wiederholt es sich noch einmal.

»Aufwachen, du elendiges Subjekt«, schallt diese bestimmende, doch nicht eindeutige feminine Stimme im Befehlston durch die Räumlichkeit, in der du dich momentan befindest.

{wer war dieses Mädchen}
{war sie es, die dich hierher entführt hat und hier festhält}
{seit Stunden, seit Tagen}

Du weißt doch gar nicht, wie lange du hier bist. Jegliches Zeitgefühl hast du verloren. Es ist quasi gar nicht mehr vorhanden.

{und warum zum Demon hat sie mich SUBJEKT genannt}

Oder ist es gar möglich, dass diese harten Worte gar nicht dir galten?

Du kannst nicht mit Sicherheit sagen, ob du die einzige Person bist, die hier festgehalten wird. Die ganze Zeit über hast du nämlich schon das Gefühl, dass du dich nicht alleine in diesem Raum aufhältst; abgesehen von den herumschwirrenden Federmotten, die nach Licht suchen. Jemand anderer muss auch noch hier sein, vielleicht gibt es sogar mehrere arme Individuen neben dir. Andererseits könntest du auch andauernd die Präsenz der Person hinter dieser machthaberischen Stimme gespürt haben.

{sind die Alben hier}
{kann das sein}

»Du sollst dich erheben, du nutzloses *Tier*!«, dröhnt die Stimme nochmals durch den Raum, nachdem einige Minuten in vollkommener Stille vergangen sind.

[sUbjEkt_1.01x] – du rührst dich immer noch nicht. Du bist dir nicht sicher, ob du dich nicht selbst bewegen kannst oder ob du es einfach nicht willst. Du bleibst einfach starr auf dem kalten, harten Boden der Tatsachen liegen. Du glaubst immer noch nicht, dass diese herrische Stimme dir gilt.

Das bohrende Geschrei ist wieder verhallt. Die Kammer

wird, für einen kurzen Augenblick, von einer merkwürdigen Stille eingenommen, doch sie dauert nicht lange an. Sekunden später vernimmst du Schritte. Langsame, jedoch feste und schallende Tritte. Deine Gehörgänge teilen dir mit, dass dieses Aufstampfen nur von einer Person kommen kann. Allerdings scheint sich dieser Schatten direkt auf dich zuzubewegen. Innerlich hoffst du natürlich, dass er ein anderes Ziel hat.

Doch abrupt und ohne Vorwarnung spürst du einen harten Tritt, der sich präzise zwischen den Beckenknochen und den Rippen in deinen Körper bohrt. Du kneifst sofort die Zähne, den Mund zusammen, weil du keinen Ton von dir geben willst. Das stumme Aushalten dieses beißenden Schmerzes treibt dir beinahe neue Tränen in die Augen. Leider aber hast du nicht deinen gesamten Körper unter Kontrolle, denn als ein weiterer Tritt an der gleichen Stelle deinen Leib trifft, musst du zucken.

{ein Fehler}

»Na gut, dann wollen wir dir noch etwas Zeit geben«, ertönt die Stimme in aggressivem und enttäuscht wirkendem Ton, nachdem du einen weiteren Tritt kassiert hast, der sich bis in deine Nieren durchschlägt. Vor Schmerzen krümmst du dich noch mehr.

Doch das autoritäre Mädchen (Frau kann sie noch keine sein), dem die Stimme gehört, ist wohl nach diesem Aggressionsanfall fürs erste besänftigt. Die schweren Schritte schallen nämlich zu deiner vorsichtigen Erleichterung schnell und bestimmend von dir weg und scheinen sich Richtung Ausgang zu bewegen. Eine Tür wird scheppernd zugeschlagen und dann hörbar von außen verschlossen.

[sUbjEkt_1.01x] – Die militärisch wirkende Person ist verschwunden und hat dich zurückgelassen.

{ein Konfliktsoldat*}

Ja, jetzt bist du dir ziemlich sicher, dass nur du dich in dieser Kammer befindest. Niemand ist hier, mit dem du reden könntest. Wobei du gar nicht weißt, ob du überhaupt sprechen kannst.

{bin ich wirklich allein}

Doch etwas hat diese Sadistin vergessen. Sie hat anscheinend das Licht nicht mehr gelöscht. Denn du spürst immer noch den brennenden Schmerz an den Augenlidern, der sich in deine Augäpfel bohren will. Jedoch wirkt es nicht mehr so kraftvoll wie zuvor. Du fragst dich, ob sich dein Körper bereits daran gewöhnt hat – oder ob das dich verzehren wollende Licht schwächer geworden ist.

Andererseits ist es dir egal. Ein neuer Gedanke geht dir durch den Kopf. Jetzt oder nie, denkst du dir. Es ist eine Chance, die du sofort nutzen solltest.

{ich muss meine Augen öffnen}

{ich muss es zumindest versuchen}

Und du machst es. Behutsam gibst du deinen Lidern den inneren Befehl, sich allmählich zu öffnen. Millimeter für Millimeter – so langsam, dass sie sich an die kalten Strahlen gewöhnen können.

Und dann hast du es geschafft. Deine Augen sind nun tatsächlich offen. Und anstatt, dass der Schmerz stärker werden würde, passiert das Gegenteil – das Brennen lässt nach. Nichts versucht mehr, sich in deine Pupillen zu bohren.

{ich kann wieder sehen}

Doch etwas ist anders. Du siehst die Welt um dich nicht so, wie du es früher getan hast – einmal davon abgesehen, dass du dich in einer fürchterlichen und unwirklichen Welt befindest, die du nicht kennst und in welche du nicht gehörst.

Die Augen sind offen, und alles, was sie sehen, ist Schwarz und Weiß – Weiß und Schwarz. Du blickst durch deine Augen in eine Welt vollkommen in Schwarzweiß getaucht.

{kann es möglich sein, dass dieser Raum nur aus weißen und schwarzen Oberflächen besteht}

{nein, das kann nicht sein}

Es würde anders wirken. Deine Augen sehen keine Farben mehr. Kein Blau! Kein Rot! Kein Gelb! Nur Schwarz und Weiß umgeben dich.

Die Mahr hat es dir genommen!

{ja, es kann nur sie gewesen sein}

Ihr Antlitz hat dich geblendet und dabei die Farben aus deinem Augenlicht verschlungen.

Nun bist du gefangen. Festgesetzt in einer farblosen Welt.

{ich bin vom Lichtverzehr befallen}

Und dann erscheinen sie zu Abertausenden.

Motten, Falter und Schmetterlinge, angeführt von einer rostbraunen Federmotte, haben ebenfalls das Licht entdeckt. Wie ein einziger dunkler Schatten schwärmen sie um die Lichtquelle, saugen ihr Licht in sich auf und verschlingen mit ihren kleinen Körpern regelrecht alle Helligkeit in diesem Raum.

Bis dich schließlich wieder die unendliche Dunkelheit umgibt.

Wenn der helle Tag sich in deinen Augen bricht
Doch sein Schein berührt dich nicht
Ich seh die Schatten auf deinem Gesicht
1000 Narben in den Zügen eingegraben
Als Abglanz vom Licht...

Abglanz vom Licht (1998) ©EISREGEN

DREI

KÄFIGKIND –

LICHT & DUNKEL: FOLGE II
ODER AGDISTIS INTERMEDIA

EIN SOMMER VOR DEM JAHRE 2081
[sUbjEkt_1.02x]

Du wirst wach. Du weißt nicht, wo du bist, wo du dich befindest. Es ist dunkel – undurchdringliche Finsternis umgibt deinen zarten, schwachen Körper. Kein Licht, kein Funken Hoffnung auf ein wenig Helligkeit. Nur die schwarze Luft umhüllt dich. Du kannst dich an kaum etwas erinnern. Du bist noch ein Kind. Du hast noch nicht viel von dieser Welt gesehen. Du kannst dich nicht an die schönen Dinge erinnern, die dir passiert sind. Nur das Schlechte und das Böse lernst du momentan kennen.

Subjekt – das *[sUbjEkt_1.02x]* haben sie dich genannt. Das weißt du noch. Aber dann bist du von den Menschen getrennt geworden, in deren Obhut du dich befunden hattest. Sie sind jetzt alle weg. Niemand ist mehr da. Nicht einmal die Federmotten sind hier bei dir geblieben. Sie sind verschwunden, zusammen mit dem Licht, das es hier unten nicht mehr gibt.

Nur du. Nur du allein bist hier, in dieser verlassenen Finsternis. Nur du und deine fürchterlichen Kopfschmerzen. So etwas hast du noch nie gehabt. Und in deinen jungen Jahren solltest du noch keine Kopfschmerzen in dieser Form haben. Doch du hast sie. Und sie wollen auch nicht verschwinden. Dadurch sind all deine Sinne getrübt. Du nimmst die Umgebung nur schwer wahr.

Du kannst dich nicht erinnern, wer dich an diesen Ort gebracht hat. Die dunklen Schatten haben dich geholt und mitgenommen. Du weißt nicht, wer sie sind und woher sie kommen. Die *Alben* sind einfach gekommen und haben dich geholt. Du kannst dich an nichts mehr erinnern. Nur noch daran, wie du hier aufgewacht bist, in dieser Dunkelheit. Du bist jetzt in einem Gefängnis, das aus Finsternis gebaut ist. Aus einer undurchdringbaren Schwärze.

Du fragst dich, weshalb du hier bist – Kind, warum bist du hier?

Aber du weißt es nicht. Niemand hat auch nur ein Wort zu dir gesagt. Niemand! Die *Alben* reden ja nicht mit dir. Und das macht dir Angst. Diese Ungewissheit, warum du hier bist. Du willst nicht zu viele Gedanken daran verschwenden, weil du fürchtest, dass deine Einbildungen wahr sein könnten. Und wenn Wahnvorstellungen aufkeimen, werden sie den Schmerz mit sich bringen – ein unbändiges Leiden, eine unendliche Angst. Du denkst besser nicht daran.

Du suchst nach einer Ablenkung. Du brauchst eine Aufmunterung, um die Furcht vergessen zu können. Obwohl du weißt, dass dir an diesem Ort nichts die Angst nehmen kann. Hier gibt es kein bisschen Freundlichkeit. Alles hier versprüht die pure Angst. Du legst dir deine zarten Hände ins Gesicht. Du fährst dir mit den Fingern über die Lippen (du fürchtest, dass sie spröde geworden sind, aber sie sind immer noch weich; genauso, wie du sie von früher in Erinnerung hast).

Dann steckst du dir den rechten Zeigefinger in den Mund

und beginnst, an deinem Fingernagel zu nagen. Du kaust einfach darauf herum, bis du ihn bis zum Nagelbett abgekaut hast. Und danach nimmst du dir den Ringfinger derselben Hand vor und machst das Gleiche. Du hast das noch nie zuvor getan. Du hattest nie den Drang dazu. Aber jetzt tust du es und stellst fest: Es beruhigt dich. Es nimmt dir etwas von der Angst; kurz wirst du abgelenkt. Für einen Augenblick kannst du abschalten, indem du dich nur auf das Kauen an deinem Fingernagel konzentrierst. Dabei verschwindest du kurz in eine andere Welt.

[sUbjEkt_1.02x] – wie lange warst du weggetreten?

Du erinnerst dich nicht mehr. Du hast an deinen Nägeln gekaut, bis du in einen tranceartigen Zustand gefallen bist. Du bist in deine eigene schöne Welt geflüchtet. Doch jetzt erwachst du wieder hier, an diesem schrecklichen, dunklen Ort. Und niemand ahnt, wo du bist. Keiner kann dich hören, niemand kann dich sehen und kein anderer wird dich jemals finden.

Jetzt bist du wieder zurück und deine Sinne schärfen sich etwas. Muffig – verbraucht und feucht riecht es hier. Die Luft in diesem Gefängnis muss abgestanden sein. Sie erinnert dich an Verzweiflung und Verwesung. Du weißt nur, dass du hier weg willst. Doch du hast keine Ahnung, wie. Du bist nicht fähig zu sehen, was dich hier umgibt. Es kann alles und nichts sein. Nur die Schwärze ist dir hier vertraut. Und der harte, kalte Untergrund, auf dem du liegst.

Dann wird es mit einem Mal hell. Es leuchtet, als begänne ein Sonnenaufgang. Es wird kurz zu grell. Das neue Licht blendet dich in den Augen. Du brauchst Zeit, um dich daran zu gewöhnen. Du weißt nicht, wo das Leuchten herkommt. Seine Quelle ist dir unbekannt. Aber du freust dich über diesen Lichtschein. Es schmerzt noch ein bisschen, aber deine Augen passen sich allmählich an, und du kannst erste Umrisse ausmachen. Etwas erkennen, was du jedoch vermutlich gar nicht erblicken willst.

Wäre dir vielleicht doch die vorherrschende Dunkelheit angenehmer gewesen?

Du weißt es noch nicht.

Und dann bist du in der Lage, deutlicher zu sehen. Die Konturen werden schärfer, und du versuchst, dich zu orientieren – herauszufinden, wo du dich befindest. Trotz der Helligkeit fühlt sich dieser Ort immer noch dunkel an. Das Licht hat keinen natürlichen Ursprung, es ist künstlich erzeugt.

Du bist umgeben von Mauern. Rostrotes, mitgenommenes Mauerwerk umgibt dich. Steine, die vor Jahrhunderten mit menschlicher Hand einzeln übereinandergelegt und mit Mörtel verklebt wurden. Jeder Ziegel wurde mit größter Sorgfalt an seinem jetzigen Ort platziert. Du kannst den Schweiß der Hände, die dies vollbracht haben, noch in den Wänden riechen.

Über deinem Kopf breitet sich ein Gewölbe aus derselben Art von Ziegelsteinen aus. Du hoffst, dass es nicht über dir zusammenbricht, denn hier gibt es keinen Ausweg. Zu deiner Enttäuschung ist die einzige Seite, an der sich kein Mauerwerk befindet, mit einem dicken, massiven, schwarzen Gitter verschlossen. Dabei müsste es sich um die Tür handeln. Umschlossen von rot-orangefarbenen Steinen und verrosteten Stäben aus Eisen bist du in einem winzigen Käfig gefangen, der nur dir allein Platz bietet.

Du liegst auf einer schwarzen Liege aus Metall, die mit schweren Ketten im Mauerwerk befestigt ist. Und du hast vorhin richtig gefühlt: Deine Bahre und die Wände, die dich umgeben, sind kalt. Es fühlt sich nicht nur auf deiner jungen Haut kalt an. Es fühlt sich vielmehr auch im Gehirn eiskalt an.

Und mit dem Licht sind auch sie zurückgekommen, die Motten. Nicht viele, doch eine Handvoll weißer Federmotten hat sie gefunden, die kürzlich entflammte Lichtquelle. Als wäre es ihr Zuhause, schwirren sie um sie herum. Manche scheinen dich zu beobachten, kommen dir etwas näher, als wärst du ein Eindringling in ihrer erhellten Dunkelheit.

[sUbjEkt_1.02x] – du rührst dich. Schmerzen durchdringen deinen Körper.

Wie lange liegst du mittlerweile hier?

Alle deine Muskeln sind erschlafft und haben sich an diesen Ruhezustand gewöhnt. Sie wollen sich nicht bewegen, doch sie müssen es tun – du willst aufstehen. Du versuchst es noch einmal und noch einmal.

Nach einigen missglückten Anläufen hast du dich aufgesetzt und lässt die Beine über den Boden baumeln. Die Liege ist höher, als du gedacht hast. Du streckst ein paar Mal die Füße aus. Du willst sie nicht sofort belasten. Du hast Angst, dass dich deine Füße noch nicht tragen können, wenn du von der leichten Anhöhe rutschst.

Schmerz durchfährt dich kurz und verschwindet anschließend gleich wieder. Du willst nicht mehr abwarten, stützt dich mit den Händen am kalten lackierten Stahl ab und gleitest hinunter. Beinahe hättest du das Gleichgewicht verloren, doch deine noch wackeligen Beine tragen dich. Sie tragen dich! Der dunkle, harte Boden fühlt sich kühl an auf deinen nackten Sohlen.

Du bleibst noch kurz stehen, um dich an diese Körperhaltung zu gewöhnen. Dann setzt du einen Fuß vor den anderen. Der erste Schritt hat gut funktioniert. Jetzt das linke Bein. Dabei drehst du dich und steuerst mit einem weiteren Schritt der Gittertür entgegen.

Noch ein Schritt und du stehst davor. Du hebst deine Arme und greifst mit den Händen nach der Tür. Du rüttelst fest an dem kalten Stahl. Es ist nur ein jämmerlicher Versuch, um sicher zu sein, dass die Türe auch wirklich verschlossen ist.

Was hast du denn erwartet?

Dass sie nur angelehnt ist; offensteht?

Wie kannst du nur so dumm sein, natürlich ist sie versperrt

– du befindest dich in einem Käfig. Jemand hält dich gefangen. Du weißt nicht, warum, und auch nicht, wie lange schon. Du bist enttäuscht, obwohl du es hättest wissen müssen. Du fängst an zu zittern. Dir wird kalt. Noch kälter, als dir ohnehin schon gewesen ist. Das Licht spendet keine Wärme. Du fühlst dich nackt. Du BIST nackt! Du bemerkst erst jetzt, dass du keinen einzigen Fetzen Kleidung am Körper trägst. Dein zerbrechlicher Leib ist der Kälte der Mauern schutzlos ausgeliefert. Erst nach ein paar weiteren Atemzügen wird dir mehr und mehr bewusst, wie merkwürdig es ist, dass du splitternackt bist.

{nackt – warum bin ich nackt}

{wie lange schon bin ich nackt}

{was haben die Alben mit mir gemacht}

Angst. Du bekommst wieder Angst. Du fürchtest dich. Setzt dich auf die kaum einladende Bahre, auf der sich keine Decke, kein Laken befindet. Reibst dir die Arme und den Oberkörper. Ziehst die Beine an deinen Körper heran und umklammerst sie mit den Armen. Allein, vollkommen allein bist du hier an diesem Ort.

{wo haben die Alben mich hingebracht}

{wie kann man ein Kind nur an solch einen Ort bringen}

Du fängst an zu weinen. Ganz langsam beginnen deine Tränen zu fließen, doch immer schneller werden sie – und immer heftiger. Der Damm ist gebrochen. Hier gefällt es dir nicht – du willst hier weg. Du weinst viele Stunden lang, ohne Unterbrechung. Die heißen Tränen auf Gesicht, Hals und Händen spenden dir keinen Trost. Gekrümmt liegend auf der Bahre aus schwarzer Kälte schluchzt du sinnlos vor dich hin, zitternd und dich selbst umarmend in dem verzweifelten Versuch, dich selbst zu wärmen.

＊＊

[sUbjEkt_1.02x] – dein linker Ringfinger fängt an zu schmerzen. Vorhin hat er sogar zu bluten begonnen. Du kaust bereits seit einer Ewigkeit auf demselben Finger herum. Der Nagel ist kaum mehr vorhanden. Du hast ihn bis aufs Fleisch abgenagt. Er blutet und schmerzt. Aber du magst diesen Schmerz. Du empfindest ihn als etwas Angenehmes. Er beruhigt dich und lenkt dich von der offensichtlichen Wirklichkeit ab. Einer Wirklichkeit, die du immer noch nicht verstehen kannst und auch nicht verstehen willst.

Dieses Gefängnis, gemauert aus rostroten Ziegelsteinen – du solltest dich hier nicht aufhalten. Doch trotzdem bist du in dem kalten Käfig eingesperrt, mit einer Handvoll Federmotten, und du hast noch keinen Weg nach draußen gefunden.

Du wünschst dir etwas zum Anziehen. Ein schlichtes Hemd oder eine dünne Decke, etwas, das dich ein bisschen warmhält an diesem eisigen Ort. Aber hier ist nichts.

Du fragst dich, wann die *Alben* endlich kommen und dich holen. Du kannst ja nicht ewig hier gefangen sein. Sie wollen doch sicherlich etwas von dir. Sie haben etwas mit dir geplant. Die dunklen Schatten haben dich nicht ohne Grund mitgenommen und entführt. Aber du kennst die Antwort darauf nicht. Auch die rohe Umgebung – dein Käfig – gibt dir keinen einzigen Hinweis zur Beantwortung dieser Frage.

Und dir ist immer noch kalt.

Du erhebst dich von der Pritsche. Du stehst nach wie vor etwas wackelig auf deinen Beinen. Du wartest einen kurzen Augenblick, und dann bewegst du einen Fuß vor den anderen. Du gehst drei Schritte, dann wendest du, um in die entgegengesetzte Richtung zu schwanken. Die gesamte minimale Länge des Käfigs willst du ausnutzen, um dich zu bewegen. Auf und ab, ab und auf schlenderst du mit langsamen Schritten. Diese Aktivität wärmt dich kaum. Aber du versuchst es weiter. Mit deinen viel zu jungen Jahren sind das bereits alle Ideen, die du aufbringen kannst, um hier zu überleben.

[sUbjEkt_1.02x] – du bist eine Weile auf- und abgegangen und dabei etwas müde geworden.

{warum}

Und dann ist da noch ein anderes Gefühl. Ein Empfinden, das du bis jetzt hier in diesem kalten, feuchten Gefängnis noch nicht gehabt hast. Du spürst einen Druck. Eine Bedrängnis in deinem Inneren. Der Druck liegt auf der Blase, obwohl du seit einer gefühlten Ewigkeit keinerlei Flüssigkeiten zu dir genommen hast. Im Gegenteil, du bist eher am Verdursten.

Aber es hilft nichts, die Blase drückt unheimlich stark. Du musst aufs Klo Pipi machen.

Doch wo – und wie?

Hier gibt es kein Klo. Die dunklen *Alben* haben dir nicht einmal irgendeinen Eimer für deine Notdurft hinterlassen. Nichts befindet sich hier, wo du dich deiner Körperausscheidungen entledigen könntest – und schon gar nichts, wo du sie verschwinden lassen könntest. Nichts ist hier.

Du hältst einen Moment inne, schließt die Augen und öffnest sie kurz darauf wieder. Du hast dich entschieden. Du hast dir die dunkelste Ecke in diesem Käfig ausgesucht. Festen Schrittes begibst du dich entschlossen in den auserwählten Winkel.

Du machst die Beine breit und hockst dich nieder. Mit deinem Hintern bleibst du einige Zentimeter über dem kalten Boden aus Ziegelsteinen hängen. Du kannst den Druck nicht mehr länger zurückhalten. Du gibst nach und lässt den Urin aus dem Schritt rinnen. Das Gefühl erleichtert dich.

Gleich darauf merkst du, dass es an den Innenseiten deiner Oberschenkel etwas wärmer wird. Auch unten, an den Füßen und Zehen, breitet sich etwas Wärme aus. Du brauchst einige Augenblicke, um zu begreifen, dass es deine Pisse ist, die diese

Teile des Körpers wärmt. Eine ungut riechende Flüssigkeit aus deinem Leib gibt dir Wärme an diesem kalten Ort. Du empfindest den Urin zwar als eklig, aber der Ekel ist weniger schlimm als der Gedanke, hier zwischen den Mauern allmählich erfrieren zu müssen.

Du nimmst dich zusammen und überwindest dich. Greifst dir mit der linken Hand in deinen Schritt – mitten in den gelben Strahl des Urins. Jetzt fühlen sich auch deine Hände wärmer an. Wie frische Energie verbreitet sich diese Flüssigkeit und gibt dir neue Kraft und Motivation. Dein Wille zum Überleben wird angekurbelt. Du willst hier unten noch nicht sterben, nicht so jung.

Mit dieser neugewonnenen Energie nimmst du jetzt beide Hände, formst aus ihnen eine Schale und hältst sie mitten in den Urinstrahl. Du füllst deine kleinen Handflächen voll, und dann wirfst du dir den aufgefangenen Urin geradewegs ins Gesicht. Du verteilst ihn mit deinen Händen und fährst dir mit den nassen, aber wärmenden Fingern durch die Haare. Immer mehr Wärme breitet sich aus. Währenddessen hast du dich gezwungen, den Strahl anzuhalten, damit kein kostbarer Tropfen mehr verschwendet wird.

Erneut greifst du dir selbst zwischen die Beine und füllst deine Handflächen wieder.

Die zweite Portion wirfst du dir hinten über die Schultern und lässt es den Rücken hinunterrinnen.

Beim dritten und vierten Mal verteilst du die Pisse auf deinem Oberkörper.

Beim fünften Mal merkst du, dass sich ein sechstes Mal nicht mehr ausgehen wird. Diesen Rest verreibst du noch über die Beine. Bis zum letzten Tropfen nutzt du alles aus. In der Zwischenzeit hast du dich bereits an den üblen Geruch gewöhnt.

Es ist vorbei, du hast deine Blase vollständig entleert. Kein einziger Tropfen Harn befindet sich mehr in dir.

Jedoch bemerkst du, dass sich immer noch eine Lache unter dir befindet. Kurzentschlossen beschließt du, dich hineinzulegen, um alle nur erdenkliche Wärme der eigenen Pisse aufzusaugen. Ein kleiner Teil davon hat sich mit Staub und Dreck zu etwas Matsch verbunden. Du greifst nach der Pampe und reibst dich damit auch noch an den nichtbedeckten Stellen ein. Es wird dir immer wärmer. Jetzt ist alles aufgebraucht. Dennoch kauerst du dich auf dem Boden in deinem eigenen Urin zusammen und beschließt, darin liegenzubleiben.

Für einige wenige Augenblicke ist dir nicht mehr kalt. So etwas wie Behaglichkeit hält sich überall an deinem Körper und sucht sich seinen Weg nach innen. Du fühlst dich fast schon wohl, und doch bist du entsetzlich müde. Du bist von den Ereignissen schwer erledigt und kannst kaum mehr deine Augen offenhalten. Schlaf, dein Körper will Schlaf, und in dieser leicht aufgewärmten Umgebung bekommt er ihn auch.

Du schließt die Lider, und die Schwärze dahinter lässt dich für einen Augenblick alles vergessen. Du gönnst dir deine Erholung.

[sUbjEkt_1.02x] – und dann wirst du wach. Du hast keine Ahnung, wie lange du geschlafen hast. Es könnte nicht einmal eine Stunde lang gewesen sein. Aber genauso ist es denkbar, dass es sich um einige Tage gehandelt hat. Du weißt es schlichtweg nicht, da du hier unten jegliches Zeitgefühl verloren hast. Es gibt hier keinen Anhaltspunkt, an dem du dich zeitlich orientieren kannst. Wie viele Stunden vergehen – wie viele Tage bereits vergangen sind.

Du fühlst dich immer noch aufgewärmt. Dir ist spürbar wärmer als in der Zeit zuvor. Und nach und nach erst realisierst du, was dich gewärmt hat. Erinnerst dich, was dir die neue Kraft gespendet hat. Du hast dich selbst mit deinem eigenen Urin eingerieben. Du hast dich in deiner eigenen Pisse am Boden gewunden. Den stinkenden Matsch auf die Haut geschmiert und alles aufgesaugt, was dich wärmen könnte. Du riechst jetzt ziemlich übel. Hättest du etwas im Magen, so würdest du dich wohl auf der Stelle übergeben. Aber es ist nichts da, was du auskotzen könntest, deswegen geht es dir einfach nur grottenschlecht.

Doch irgendetwas kommt dir doch noch anders vor. Dir ist viel wärmer, als es möglich sein kann. Es ist schier unmöglich, dass dir dein eigener Urin von vorhin – wann auch immer das gewesen sein mag – so viel Energie gespendet hat. Und du bemerkst etwas auf deiner Haut, an deinem Körper, was zuvor noch nicht dagewesen ist. Etwas Neues, etwas Unbekanntes, und doch etwas Vertrautes. Und es wärmt dich.

Du fühlst den Stoff, du spürst ihn, du kennst ihn.

Stoff!

Aber wo zum *Demon* kommt dieses Textil her?

Es ist eine dünne, etwas kratzige Decke, die deinen Körper überall umhüllt und dich wärmt.

Haben die *Alben* dir eine Decke gegeben?

Sie werden dir doch kein Laken gebracht und dich dann auch noch zugedeckt haben?

Das ist unmöglich, und trotzdem ist es passiert.

Du kannst es nicht glauben, aber es scheint so, als hätten sich dunkle Schatten um dich gekümmert. Sie haben dir eine Decke gebracht und dich zugedeckt.

Warum tun die *Alben* das?

Aber du beschließt, dass es dir jetzt egal ist. Wichtig ist, dass du etwas hast, das dich wärmt. Dein Überlebenswille kuschelt sich wohlig unter den groben Stoff. Du wirst also wahrscheinlich doch nicht so schnell sterben, wie du eben noch dachtest. Für dich zählt jetzt nur dieser Moment, Fragen sind gerade unnötig. Seltsamerweise fühlst du dich nun beinahe wohl an diesem schrecklichen Ort.

Und dennoch führst du deinen linken Ringfinger wieder in den Mund und knabberst an dem nackten Fingernagel herum.

Du musst sofort wieder aufhören und ausspucken, weil der Finger schrecklich nach getrocknetem Urin stinkt und schmeckt. Doch der Drang zum Kauen ist stärker als der Ekel vor deiner Pisse. So überwindest du dich und kaust von neuem los.

Allmählich beruhigt, merkst du, dass noch etwas in diesem kalten Käfig anders ist als zuvor. Aber du weißt nicht, was. Es ist ein Gefühl, ein Bauchgefühl – aber irgendetwas stimmt hier in dem Gefängnis aus Ziegelsteinen plötzlich noch weniger als sonst. Der Raum fühlt sich voller und auch beengter an. Mit etwas mehr Leben gefüllt als sonst. Doch daran sind nicht die Federmotten schuld, die ganz augenscheinlich mehr geworden sind, sondern etwas anderes. Es scheint so, als würde mehr Wärme und gleichzeitig mehr Kälte ausgestrahlt werden.

Und dann siehst du plötzlich kurz einen dunklen Schatten aufkommen und gleich wieder verschwinden. Eine Silhouette, die vollkommen anders scheint als die vorigen. Etwas hier drinnen hat sich bewegt. Irgendjemand oder irgendetwas muss bei dir im Käfig sein. Ein Schatten – aber nicht die vermeintlich vertrauten dunklen Schatten der *Alben*.

Ein lebendiger Schatten?

{was zum Demon kann das sein}

{hier muss sich doch noch etwas anderes verbergen}

{ist noch jemand hier}

Unsicherheit macht sich in dir breit. Ein Gefühl von Angst schleicht sich in deinen Körper. Der latente, jedoch vertraute Geruch von Schweiß vermischt sich allmählich mit der abgestandenen Luft, die das Gemäuer in sich eingeschlossen hat. Die ersten feuchten Perlen bilden sich auf deiner Stirn. Gleichzeitig fühlt es sich an, als wäre die Temperatur schlagartig um mindestens zehn Grad gesunken.

{mir wird kalt}

{und doch schwitze ich aus allen Poren}

Du richtest deinen Blick auf das Gewölbe über dir. Es erdrückt dich; es beklemmt dich.

{wird es über mir zerbrechen}

Das schwache Licht verstrahlt mehr Finsternis als Helligkeit. Du kneifst kurz die Augen zusammen, atmest tief ein und öffnest sie wieder. Zitternd stehst du da, deine Pupillen hüpfen unkontrolliert suchend über die Mauern. Und dann registrierst du ihn – den Schatten, der sich in einer Ecke dir gegenüber befindet. Und sich deutlich bewegt.

[sUbjEkt_1.02x] – DU BIST HIER NICHT ALLEIN!

* * *

[sUbjEkt_1.02x] – du bist wieder im Käfig. In deinem schrecklichen, doch mit der Zeit vertraut gewordenen Zuhause. Es ist nicht mehr die gleiche Zelle wie zu der Zeit, als du dich noch in deinem eigenen Urin gewälzt hast – die *Alben* haben dich nach dieser Nacht in diesen neuen Käfig gesteckt – doch er unterscheidet sich kaum von dieser. Nur die Federmotten scheinen dieselben zu sein. Sie müssen dir gefolgt sein.

Doch gleichen sie sich nicht alle?

Du vermutest, dass du dich immer noch im gleichen Keller, aber in einem anderen Korridor befindest. Nach wie vor bist du von drei aus roten Ziegelsteinen gemauerten Wänden umgeben. Nach wie vor findet sich an der schmalen Seite der Zelle eine schwarz vergitterte Eisentür. Und immer noch hast du nur eine Pritsche zum Schlafen. Für diese hast du immerhin eine dünne Decke bekommen, damit sie dich etwas wärmt. Hier in dem Gewölbe scheint es keine Temperatur-Unterschiede zu geben. Es ist immer gleichbleibend kalt und feucht hier unten – aber gerade noch erträglich.

Und du hast mittlerweile immerhin neben deiner wertvollen Decke ein weiteres, mehr oder weniger kostbares Geschenk erhalten: Die *Alben* haben dir einen Eimer aus nacktem Stahl hingestellt, in dem du deine Notdurft verrichten kannst; und wenn dir – wie es oft der Fall ist – übel werden sollte, kotzt du dort auch hinein.

[sUbjEkt_1.02x] – du liegst meist unter der kratzigen Decke, um dich zu wärmen. Dann winkelst du die Beine an und stülpst dir dein einfaches, weißgraues Nachthemd – ein weiteres überraschendes Geschenk, welches dir ein Alb ebenfalls irgendwann von dir unbemerkt angezogen hat – bis zum Bauchnabel hinauf. Einen Schlüpfer haben sie dir nicht gegeben. Dann spreizt du die Schenkel auseinander und fährst dir mit der linken Hand zwischen den Schritt. Du suchst du die Stelle, aus der sonst dein Urin kommt. Sobald du sie ertastet hast, beginnst du das Areal dort sanft mit der Hand zu streicheln. Immer wieder, auf und ab.

Auf und ab, ab und auf streichelst du den Bereich zwischen deinen Beinen. Manchmal massierst du dabei mit den Fingern gezielt einzelne Stellen.

Bereits Wochen zuvor hast du bemerkt, dass dich diese Streicheleinheiten zwischen deinen Schenkeln beruhigen und entspannen. Du kaust seither auch viel seltener an den Fingernägeln.

Stundenlang kannst du dich so beschäftigen, wenn du nicht zu intensiv reibst, sondern immer nur sanft und gemächlich. Es beruhigt dich und die Zeit vergeht schneller. Nur früher oder später kommt der Punkt, wo du nicht mehr in der Lage bist, dich zurückzuhalten. Dann musst du dich noch fester streicheln und massieren. Du kannst es nicht mehr halten, weil du von diesem beglückenden Gefühl total überwältigt bist. Und dann musst du vor lauter Vergnügen schreien und schreien und schreien. Minutenlang.

{was habe ich jetzt wieder angestellt}

Du hörst Schreie und ein Weinen aus der Zelle dir gegenüber. Du bist zwar in dem Käfig absolut allein, aber du bist nicht allein im Keller. In diesem Gefängnis sind noch viele andere menschliche Lebewesen eingesperrt. Du kannst sie zwar manchmal hören, aber du vermagst nicht mit ihnen zu sprechen. Dafür sind die Zellen doch zu weit voneinander entfernt.

Jetzt bist du wieder einmal zu laut gewesen – mit deinen Geräuschen und mit deinem Geschrei. Du weißt, dass die *Alben* das nicht mögen. Sie können dann sehr unangenehm werden – das hast du bereits mehrfach erlebt. Sie geben dir tagelang nichts zu essen – kein *Nauth*. Nur Wasser – kein *H2O*.

Wasser ist das einzige, was du dann noch bekommst. Und dann leidest du wieder schrecklich, weil du deine gesamte Energie aufbrauchst und sie nicht für die Untersuchungen aufsparen kannst.

{Untersuchungen}

[sUbjEkt_1.02x] – du erblickst wieder einen dunklen Schatten. Eine Silhouette in deinem Käfig. Nein, nicht davor – dieser eine Schatten ist tatsächlich in diesem Raum. Ein schemenhaftes Gebilde, das dich bereits wochenlang begleitet und immer nur dann auftaucht, wenn du besonders große Angst hast. Aber bis jetzt hat dir dieser eine Schatten noch nichts getan. Er ist einfach nur da. Womöglich ist er auch nur eine Einbildung – eine Paranoia – die du selbst heraufbeschworen hast, um deine Furcht in andere Richtungen zu lenken.

»Hab keine Angst«, erschallt plötzlich eine Stimme wie aus dem Nichts. Sie ist dir fremd. Noch nie zuvor hast du hier solche Klänge gehört. Du fragst dich, ob soeben der seltsame Schatten zu dir gesprochen hat. Aber das kann unmöglich sein. Schließlich ist es doch nur eine Silhouette. Es wäre unglaublich, wenn ein schwarzes, dabei jedoch seltsam helles Nichts mit einem Mal zum Leben erwachte.

Du fixierst den Schatten und versuchst, die Bewegung in ihm zu finden. Aber du entdeckst sie nicht. Voller Furcht beginnst du, dich unkontrolliert und verzweifelt umzublicken, während du dir deine komplette linke Hand in den Mund steckst und versuchst, an allen Fingernägeln gleichzeitig zu kauen.

Auf den ersten Blick ist nichts zu erkennen.

Hast du vielleicht etwas übersehen?

Vor lauter Aufregung?

Du richtest deine Augen noch einmal auf die vergitterte Tür. Hinter dem schwarzen Drahtgeflecht siehst du einen hellen Fleck, der sich leicht bewegt. Es braucht ein paar Augenblicke, bis du begreifst, dass der Schatten, den du gerade entdeckt hast, gar kein Schatten ist. Vielmehr handelt es sich um den Umriss eines Wesens – eines menschlichen Wesens.

Der Schatten bewegt sich nun noch deutlicher, und du willst den Blick nicht mehr von ihm abwenden.

Wie ist er hierher, in diesen Keller gekommen?

Du fragst dich dies, weil du nicht glauben kannst, dass der Schatten zu ihnen gehört. Aber du hast die *Alben* noch nie mit deinen eigenen Augen gesehen. Sie sprechen nicht mit dir, die *Alben* handeln einfach nur grausam und machen sonst nichts, bei dem du dich direkt angesprochen fühlst. Diese Silhouette kann unmöglich eine von ihnen sein.

{aber wer oder was ist es dann}

{und was will es von mir}

»Vertrau mir«, spricht der Schatten plötzlich mit einer blutjungen Stimme zu dir, »folge mir jetzt, dir wird nichts passieren, *[sUbjEkt_1.02x]*.«

Der dunkle Fleck hat soeben deinen Namen ausgesprochen. Er kennt dich! Du bist verwirrt und kommst mit dieser Situation nicht klar.

{warum sprechen die Alben auf einmal mit mir}

{durch dunkle Schatten}

»Was willst du von mir? Wer bist du?«, entgegnest du dem schwarzen Nichts vor dir mit zittriger, zurückhaltender Stimme, nachdem du zögerlich deine Hand aus dem Mund genommen hast.

»Leuchtende Wesen haben mich nach dir geschickt, damit ich dich von hier wegbringe!«

»Bist du eine von ihnen?«

»Nein, das bin ich nicht, mein Kind.«

»Aber warum bist du dann hier? Die *Alben* haben noch nie jemand anderen geschickt. Und sie haben sich mir auch noch nie gezeigt. Die *Alben* bleiben sonst immer im Verborgenen.«

»Ich weiß. Und ich habe schon gesagt, dass ich keine von ihnen bin. Ich helfe ihnen nur.«

»Dann bist du doch eine von ihnen!«

»Nein, das bin ich nicht. Vertrau mir, *[sUbjEkt_1.02x]*. Ich bin hier, damit dir nichts passiert. Ich werde dir nichts antun. Und die *Alben* werden dir, solange ich bei dir bin, auch nichts tun. Sie haben es mir versprochen.«

Du rätselst über die Worte des Schattens. Und du weißt nicht, was du darüber denken sollst. Du hast gemischte Gefühle. Aber du bist dir nicht im Klaren, was schlechter wäre – hierzubleiben oder mit dem Schatten zu gehen.

Wie sollst du dich entscheiden? Und: Hast du denn überhaupt eine Wahl?

Du nimmst dir kurz Zeit, um darüber nachzudenken.

»Gut, ich komme mit dir«, gibst du dem fremdartigen Wesen schließlich zur Antwort, »nur tu mir bitte nichts an, versprichst du mir das?«

»Ich verspreche es dir, *[sUbjEkt_1.02x]*, ich werde dir nichts tun. Und jetzt komm aus deinem Käfig und folge mir.« Sogleich öffnet die schwarze Silhouette die Zellentür.

Du hast beschlossen, dem Wesen vorerst einmal zu vertrauen, aber vorsichtig zu bleiben. Während du hörst, wie die schwere Gittertür geöffnet wird, holst du noch einmal tief Luft und trittst umsichtig und ängstlich zugleich aus deiner Zelle. Du versuchst, einen Blick auf den Schatten zu erhaschen, sein Gesicht zu sehen. Aber im Korridor vor dem Käfig ist es genauso dunkel wie es drinnen war, sodass du nichts erkennen kannst. Daher marschierst du wortlos in die Richtung, die dir der Schatten deutet. Du schreitest furchtsam langsam voran, und das verborgene Wesen folgt dir mit nur einem Schritt Abstand.

Wo wird es dich hinbringen – und was wird dich dort erwarten?

Und dann – mit einem Male, als du unvermittelt zu deiner Begleitung zurückblickst und die helle Dunkelheit sich für just diesen kurzen Moment lichtet – offenbart sich dir dieser seltsame Schatten, mit dem du mitgegangen bist, als Mensch. Ein sozusagen vollkommen menschlicher Mensch, ein weiblicher Mensch – ein Mensch wie du selbst, vermutlich. Der Schatten kann wirklich keine von ihnen sein. Er sieht so aus wie du – er ist ein Mädchen. Und dieses bedächtig achtsam wirkende, kindliche Wesen will sich tatsächlich um dich kümmern!

✦ ✦ ✦ ✦

[sUbjEkt_1.02x] – du lebst bereits einige Zeit bei diesem großgewachsenen, schlanken, rothaarigen *Schattenwesen* mit den vollen blutroten Lippen. Es hat nicht lange gedauert – ein paar Tage bloß – da hast du ihr schon vollkommen vertraut. Sie ist nett zu dir, sie kümmert sich um dich. Bis jetzt ist sie dir gegenüber noch nicht handgreiflich geworden. Du magst sie, und sie scheint dich zu mögen. Du hast keine Bedenken mehr ihr gegenüber, und überhaupt hast du nur noch selten Angst – aber nicht vor ihr.

Du kaust kaum noch an deinen Nägeln herum. Im Gegenteil, sie wachsen allmählich nach, erholen sich und sehen gepflegt aus. Erst gestern hat dir das Mädchen die langen Fingernägel mit blauem Lack angemalt – dem gleichen Nagellack, den das *Schattenwesen* selbst immer auf seinen Fingern trägt. Du findest deine Nägel so hübsch, da willst du gar nicht mehr auf ihnen herumkauen.

Des Weiteren brauchst du nicht mehr ständig das kratzige, graue Nachthemd zu tragen, um dich warm zu halten. Das *Schattenwesen* hat dir stattdessen ein paar Rollen weißer, zehn Zentimeter breiter Bandagen mitgebracht. Leider war es zu wenig Stoff, um sich wie eine Mumie vollkommen darin einzuwickeln.

Aber du hast dir die vorhandenen Binden aus festem Gewebe an bestimmten Stellen um deinen Körper gebunden. Deshalb verläuft jetzt je ein festgewickelter Stoffstreifen über die Brust, die Taille und die Hüfte, jeweils zwei an jedem Oberschenkel und je eine an den Oberarmen. Zusammen mit dem gleichfarbigen Schlüpfer (den das *Schattenwesen* noch vor ein paar Tagen selbst getragen hat und den nun du bekommen hast) konntest du deinen Körper so recht akzeptabel mit Stoff bedecken.

[sUbjEkt_1.02x] – deine Retterin hat dich wahrlich in ein schöneres Zuhause gebracht, wenn man es so nennen kann. Nichts, aber auch wirklich gar nichts hat dieser Raum mit dem dunklen, feuchten, von Federmotten befallenen Käfig gemein, aus dem sie dich befreit hat. Hier ist alles weiß, hell und rein. Dabei ist das Zimmer relativ geräumig. Es bietet Platz für mehr als zwei Menschen. Es hat zwar keine Fenster, bloß eine einzige Türe hinaus auf den Flur, den du zumindest dahinter vermutest. Aber es vermittelt einen Hauch von Freiheit.

Alles, was man braucht, um überleben zu können, ist in diesem Zimmer untergebracht. Du hast eine bequeme Schlafstelle, die du dir jede Nacht mit dem *Schattenwesen* teilst. Einen Sessel zum Sitzen und einen Tisch zur Nahrungsaufnahme. Ja, du bekommst richtiges *Nauth* zu essen, und es gibt *H2O* zu trinken. Du fühlst dich gut aufgehoben.

Es gibt sogar eine Toilette. Du brauchst dir keine dunkle Ecke mehr zu suchen, in die du urinieren kannst, und du musst auch nicht mehr in einen Eimer scheißen. Alles hier ist komfortabel. Alles hier ist wunderbar. Alles hier ist perfekt. Langsam regt sich doch wieder die Angst in dir. Es ist zu perfekt, um wahr zu sein. Du musst etwas übersehen haben.

[sUbjEkt_1.02x] – du bist in diesen Räumlichkeiten, die dem Schatten gehören. Ja, dem *Schattenwesen*. Manchmal, so kommt es dir zumindest vor, lässt sie dich viele Tage lang allein – obwohl es womöglich nur Stunden sind. Aber für dich fühlt es sich an wie Tage. Du weißt nicht, was das *Schattenwesen* macht und vor allem, wohin es regelmäßig so lange verschwindet. Es – sie. Sie lässt dich einfach zurück in diesem Raum.

Du versuchst, dir die Zeit zu vertreiben. Die Einsamkeit, die Schutzlosigkeit. Du versuchst, deine Gedanken zu vergessen. Du denkst an wichtigere Dinge – andere Dinge.

Und da kommen sie auch schon, diese anderen Dinge.

Unerwartet, wie aus dem Nichts betritt der nicht mehr schattige Schatten den Raum, mit einem Lächeln im Gesicht, das du noch nie zuvor bemerkt hast.

»Ich habe es gefunden!«, schreit sie in den Raum. Es gellt unangenehm in deinen Ohren. »Hast du gehört, *[sUbjEkt_1.02x]*? Ich habe es gefunden!«

»Was hast du gefunden?«, entgegnest du ihr unsicher. Du weißt nicht, was sie damit meint. Das *Schattenwesen* hat nie davon gesprochen, was sie macht, wenn sie nicht hier bei dir ist. Sie hat nie davon gesprochen, dass sie etwas sucht.

»Die Antwort! Die Antworten auf vieles und alles hier, und

auch die Fragen dazu. Mein halbes Leben habe ich schon nach alldem gesucht.«

»Welche Antworten? Und welche Fragen? Erzähl es mir endlich. Ich bin schon ganz neugierig.« Du denkst, wenn sie dich nur endlich aufklären würde, könntest du wieder aufhören, Angst zu haben.

»Das werde ich«, das *Schattenwesen* macht eine künstliche Pause, holt tief Luft und öffnet zu deiner Erleichterung gleich wieder den Mund: »Pass jetzt gut auf, *[sUbjEkt_1.02x]*, was ich dir erzähle. Es geht um die *Alben*. Und es geht um dich.«

✳ ✳ ✳ ✳ ✳

[sUbjEkt_1.02x] – waren diese ewigen Sekunden im Kellergefängnis nicht auch gut für dich, manchmal sogar herrlich und entspannend? – Seit du hier ständig mit dem grünäugigen *Schattenwesen* zusammen sein musst, sehnst du dich doch das eine oder andere Mal nach dem einsamen, feuchten, gemauerten Käfig, tief unten in einem dunklen Keller. Da hast du zumindest ungestört deine besondere Zeit genießen können – den Höhepunkt auskosten, nachdem du mit deinen Fingern zwischen deinen Beinen herumgespielt hast.

Hier in dieser Räumlichkeit kommst du nur noch selten zu deinen Momenten. Ständig bist du vom *Schattenwesen* umgeben. Zeitweise ist es dermaßen schlimm, dass du wieder begonnen hast, an den Fingernägeln zu kauen. Der blaue Nagellack ist bereits an mehreren Stellen abgesplittert – an den meisten Nägeln finden sich längst farblose hässliche Flecken.

Aber lange musst du diesen Zustand nicht mehr ertragen. Bald ist es soweit, und du wirst den Ort hier, bei diesem jungen rothaarigen Mädchen, verlassen können. Du fragst dich immer noch, warum das so ist – aber es ist unnötig, dich danach zu fragen. Du weißt es bereits. Schließlich hat es dir das *Schatten-wesen* selbst einige Male erklärt.

Vor kurzem hat sie das Geheimnis herausgefunden. Die Antwort über die *Alben*, nach der sie schon seit Ewigkeiten gesucht hat. Die Lösung dieses schrecklichen und gleichermaßen herrlichen Rätsels bist unter anderem – DU, *[sUbjEkt_1.02x]*. *[sUbjEkt_1.02x]* ist eine Antwort auf die *Alben* – und das *Schattenwesen* ist dazu bestimmt, Hilfe zu leisten.

Mittlerweile vertraust du dem Mädchen blind.

Was bleibt dir auch anderes übrig?

Sie ist die einzige Person, zu der du Kontakt hast – die Einzige, die du kennst in dieser Welt. Tief in deinem Inneren hast du immer öfters das dunkle Gefühl, dass dies hier falsch ist. Dass das *Schattenwesen* nicht der Mensch ist, der es vorgibt, zu sein.

Denn mittlerweile ist es Wochen her, seitdem dir das *Schattenwesen* über ihre Entdeckung berichtet hat. Das, was es herausgefunden hat, über die dunklen *Alben*. Was der Schatten und jetzt auch du über sie wissen, das ist unfassbar. Du wünschst dir bereits, du könntest es vergessen. Doch du bist nicht in der Lage dazu. Du darfst zurzeit auch nicht darüber reden. Nicht einmal dem rothaarigen *Schattenwesen* kannst du dich anvertrauen. Es ist alles unaussprechlich geworden für dich.

Du würdest dich so gerne wieder entspannen, mit dir selbst spielen. Aber das *Schattenwesen* ist hier, und ihre grünen Augen beobachten dich. Doch nicht nur ihre ständige Anwesenheit stört dich in diesem Moment, sondern auch der Gedanke an die *Alben*.

Nur noch an die *Alben* und an das rothaarige Mädchen kannst du denken, obwohl du deine persönlichen Augenblicke so dringend brauchen würdest.

Wobei ... Das *Schattenwesen* ist nicht das Problem. Sie ist etwas unangenehm. Aber gleichzeitig denkst du gerne an die blutjunge Rothaarige mit den schönen grünen Augen, wenn du dir selbst mit den Fingern zwischen die Beine fährst. Wenn du unter deinen abgenagten, blaugefleckten Fingernägeln die Feuchtigkeit an dir spürst. Dann denkst du nur noch an deine Retterin, deine Beschützerin. Doch gleichzeitig ist sie das Mädchen, das dich doch gefangen hält – das *Schattenwesen*.

Du sagst dir immer wieder selbst, dass du damit aufhören musst. Aber du kannst es nicht. Du scheinst einen regelrechten Zwang zu entwickeln. Wenn du deine diffusen Gefühle zu unterdrücken versuchst, kaust du erneut ständig an deinen Nägeln, die gleichzeitig hübsch und hässlich sind. Du musst einen Weg finden, um beides unterbinden zu können.

Aber wie?

[sUbjEkt_1.02x] – sie ist weg! Sie ist weg. Nicht der Schatten, sondern sie als Ganzes ist verschwunden. Das *Schattenwesen*, dieses bezaubernde, rothaarige Wesen, das dich in gleichem Maße begleitet, verfolgt, eingeengt und fasziniert hat, ist nicht mehr da. Sogar ihre wenigen Habseligkeiten fehlen. Sie ist fort. Das Mädchen hat dich einfach hier zurückgelassen. Im Stich gelassen. Hat dich dagelassen. Nicht mitgenommen. Sie hat dich ihnen ausgeliefert. Die *Alben* sind jetzt wieder alleine mit dir.

Wie konnte sie dir das antun?

Und wohin ist sie gegangen?

Du beginnst zu weinen, schrecklich zu heulen. Der Gedanke, dass mit ihr etwas Schlimmes geschehen sein mag, macht dich traurig. Unfassbar traurig. Lässt dich verzweifeln – und deine Kräfte schwinden.

Ist sie tot?

Lebt sie noch?

Wo ist sie? Was hat sie durchstehen müssen?

Und welche Qualen hat sie immer noch zu erleiden – dein *Schattenwesen*?

Fragen über Fragen werfen sich in dir auf und ab, ab und auf. Fragen, auf die du keine Antwort weißt. Und Antworten, für welche du nicht wagst, die richtige Frage zu stellen. Tränen rinnen dir unkontrolliert und immer stärker aus deinen großen, dunklen Augen. Laufen dir über die Wangen. Tropfen auf den kalten, grauen Boden aus Beton.

Und diese Stille hier.

Diese Stille ist unerträglich. Sie macht, dass du dich zu sehr mit dir selbst beschäftigst. Mit dir selbst und mit dem Menschen, der dir genommen wurde. Du spürst den bekannten Drang. Du ballst beide Hände zu Fäusten. Du setzt dich auf die Fäuste. Du willst es verhindern! Doch du kannst es nicht.

Du befreist dich wieder aus deiner eigenen Fesselung – und führst die Finger halb hilflos, halb gierig zum Mund. Du reißt den Kiefer auf, steckst alle zehn, nur noch bruchstückhaft blaulackierten Fingernägel gleichzeitig in den Mund – und beginnst, darauf herumzukauen. Du kaust und kaust und beißt und reißt und kaust und kaust und nagst und kaust, bis dir das Blut über die Lippen rinnt und sich an deinem Kinn zu Tropfen formt, die nacheinander zu Boden fallen.

Du kaust weiter, wie in Trance und den Schmerz missachtend, nagst an dir wie eine verhungernde Ratte, immer weiter, bis der Blutverlust so gewaltig ist, dass du davon ohnmächtig wirst.

Und während du in die Schwärze sinkst, beginnen die Federmotten hektisch, um dein Gesicht zu schwirren.

Don't walk into their dying light
Let me hear your story
Counting dead stars out in the sky
Let's find ourselves rise and burn
For me their light's still in you

Dying Lights (2017) ©AEONS OF ASHES

E.V.A.s-Tante –

SVARTÁLFAHEIMR: ZWEITER AKT
ODER MARASMUS

JAHR 2081 ODER DAVOR
SCHATTEN

Ob mich das kleine, verletzliche Kind schon entdeckt hat?

Womöglich. Ich bewege mich zwar mit den Schatten, jedoch scheint es schlau zu sein. Es hat sicherlich schon bemerkt, dass hier etwas nicht stimmt. Vielleicht sogar, dass im Moment noch etwas Ungewöhnlicheres vor sich geht. So dumm ist es nicht. Im Gegenteil. Es ist geradezu aufgeweckt, mit dem nötigen Improvisationstalent.

Als es zum Beispiel bemerkte, dass es Wasser lassen muss, hat es sehr klug gehandelt.

Auch, als es schon seit Stunden gefroren hatte – aufgrund des alten, kalten und feuchten Gewölbes, in dem sich seine heizungslose Zelle befindet, in die sich nicht einmal eine orientierungslose weiße Federmotte oder ein Nachtschwärmer zu verirren vermag.

Da überall hat es deutlich gezeigt, dass es einen tiefverankerten Sinn fürs Überleben hat. Dies zeugt von Kraft und Stärke – und vom Willen, zu leben. Ich musste es daher unbedingt behalten und versuchen, es bestmöglich durchzubringen. Einen Fehler darf ich mir bei ihm – bei ihr – nicht erlauben. Das wäre so eine Verschwendung.

So hat das kindliche Subjekt doch einfach seinen in gefährlichem Maße auskühlenden Körper mit dem eigenen warmen Urin eingerieben. Ohne zu zögern fing es seinen Ausfluss mit den Handflächen auf und bedeckte jeden Zentimeter seiner Haut damit. Kein einziges Anzeichen von Ekel oder Übelkeit, welche der abscheuliche Geruch auslösen hätte müssen. Überhaupt keine Berührungsangst mit den eigenen Ausscheidungen war vorhanden.

Anschließend suhlte es sich dann noch, einem *Tier* gleich, in dem Matsch aus Pisse und Dreck am Boden. Es war wahrlich eine Freude, es dabei zu beobachten. Es gab meinem Leben sogar ein klein wenig mehr Sinn. Der unbändige Lebenswille beeindruckte mich zutiefst.

So viel Engagement wollte ich dringend belohnen. Ich wartete, bis es tief und fest schlief, dann schlich ich mich in den Käfig, ohne ein Licht anzumachen, und hüllte das Kind in eine schlichte Decke, die ich in einer anderen, seit langem leeren Zelle gefunden hatte.

Ob hier früher schon einmal Subjekte eingesperrt waren und schliefen?

Vollkommen ungeplant, aus dem Affekt heraus, habe ich gehandelt.

Mit einer absoluten (inneren) Ruhe und Zufriedenheit beobachtete ich dann noch einige Minuten lang das nun nicht mehr ganz so nackte Subjekt, bevor ich verschwand.

Ihre Kleidung nehme ich ihnen immer weg.

Erstens, um sie gründlich waschen und säubern zu können

und dabei ihre Haut auf Beschädigungen zu kontrollieren, während sie sich noch im Koma befinden.

Und zweitens, um ihnen all ihre wenigen persönlichen Sachen abzunehmen, die sie an ihr vergangenes Leben erinnern könnten. Sie sollen in ein tiefes, schwarzes Loch aus Ungewissheit fallen.

Ich bin in diesen Augenblicken immer sehr stolz auf mich. Auch jetzt bin ich stolz: auf das Kindlein in meiner Zelle.

Bevor ich die Gittertür für heute nun endgültig schließe und versperre, werfe ich noch einen letzten Blick auf das Wesen darin, dem ich den Namen *[sUbjEkt_1.02x]* gegeben habe.

»So wirst du nie eine *EVA* werden«, belehrt mich soeben meine *Tante*, die gar nicht meine *Tante* ist.

»Aber ...«, will ich mich verteidigen, bevor ich gleich wieder unterbrochen werde.

»Nichts Aber!«

»Aber *Tante*?«

»Ich bin nicht deine *Tante*! Zum letzten und hundertsten Mal. Nenn mich Laura!«

»Kann ich dich nicht ...?«

»Nein! Und hör auf, mich zu unterbrechen!« Langsam verliert meine vermeintliche *Tante* die Geduld.

»Ich dich? Du unterbrichst mich doch dauernd!«

»Nein!«

»Doch!«

»Nein, und jetzt sei bitte still. Sonst kommen wir gar nicht mehr weiter«, beendet die *EVA* endgültig unsere unnötige Diskussion.

Ich bereue immer mehr, dass ich wieder so schnell und leichtsinnig zu ihr zurückgekehrt bin. Nicht einmal zwei Tage nach meinem letzten Besuch. Doch ich brauche sie. Ich habe sonst niemanden anderen, hier in dieser *KOLON!E*, hier in *Halmstad-V*, dem ich all das erzählen und anvertrauen könnte.

Genaugenommen habe ich überhaupt niemanden – nirgendwo. Und eigentlich sollte ich dies nicht einmal meiner früheren *EVA* gestehen, da sie doch schon jahrelang gar nicht mehr für mich zuständig ist. Doch ich kann nicht anders. Ich muss es machen und dabei auch hoffen, dass ich ihr vertrauen kann. Ich muss einfach darauf bauen, dass sie kein einziges Wort verliert über das was ich ihr anvertraue. Schon gar nicht einem *Beschützer** oder einer staatlichen Administration gegenüber.

»Also, warum bist du so flugs wieder zu mir zurückgekommen?«, bohrt die gediegene *EVA* mit mürrischem Blick nach und streicht sich nebenbei eine leuchtend rote Strähne von der Wange.

»Wolltest du mir nicht gerade noch erklären, warum ich es nie zu einer *EVA* bringen würde?«, hake ich nach. Dabei kann ich es nicht unterlassen, etwas schelmisch zu grinsen – wohlwissend, dass *Tante* Laura dadurch vielleicht nur noch wütender werden wird.

»Jetzt nicht. Später«, blockt sie zu meinem Erstaunen sanft ab, pausiert einige Sekunden und lässt darauf ihre scheinbar bereits zurechtgelegten Worte aus dem Mund fließen: »Sag schon, was kann ... nein. Was soll ich für dich schon wieder tun?«

»Tun? ... Nichts«, verneine ich ehrlich überrascht ihr ungewöhnliches Angebot.

»Gut, das ist gut. Denke ich. Aber was ist es dann?«

»Die Schatten«, flüstere ich nun. Sie bleibt still. Für Sekunden, die zu Minuten werden.

»Was ist schon wieder mit den Schatten, Felicity?«, unterbricht *Tante* Laura schließlich das erdrückende Stillschweigen.

»Sie werden immer mehr«, behalte ich meinen Flüsterton bei, wenngleich er schon etwas lauter wird.

»Wie – mehr? Was genau?«, hakt sie ungeduldig nach, während ich allmählich die Angst in ihr aufsteigen sehe.

Einerseits scheint sie zu merken, dass sie mich nicht unter Druck setzen und hetzen darf; andererseits wird es der *EVA* schon etwas nervig, mir alles aus der Nase ziehen zu müssen.

Ich denke, es wäre das Beste, ihr einfach nachzugeben – und ihr neugewonnenes Interesse an mir mit raschen Antworten zu befriedigen. Sollte es ihr trotzdem zu anstrengend werden, kann sie mich schließlich immer noch – und jederzeit – bitten, zu gehen und nie wieder zu kommen.

Damit muss ich durchaus rechnen. Und falls ich ihrer Bitte aus Verzweiflung nicht nachkommen würde, könnte sie immer noch in Sekundenschnelle die *Beschützer** alarmieren. Ich käme nicht einmal dazu, das Gebäude, in dem sich das Apartment befindet, zu verlassen. Binnen kürzester Zeit würden mindestens sechs Beamte der bewaffneten Einheit den einzigen Ausgang des Blocks versperren – und bräuchten dann nur noch auf mich zu warten, um mich festzunehmen.

Die *EVA* hat nicht nur jederzeit das Recht, diese maroden Staatsdiener zu alarmieren. Vielmehr wäre es eigentlich sogar ihre Pflicht, die *Beschützer** über meine Hirngespinste zu informieren. Diese würden mich dann in die staatliche *Korrektionsanstalt* bringen, wo dann Experten mein Vergehen beurteilen und über die erforderliche Behandlung entscheiden würden.

Doch dies will ich auf keinen Fall. Und meine vermeintliche *Tante* wohl auch nicht, da sie es sonst bereits längst getan hätte. Vielleicht nicht beim ersten oder zweiten Besuch, aber mit Sicherheit nach dem dritten, da ich in den Augen des Staates sicher krankhafte Anzeichen zeige, die mich selbst und vor allem unzählige *Kolobürger** gefährden könnten.

Dennoch hat sie es nicht getan. Daher kann ich ihr wohl mit Sicherheit blindlings vertrauen. Ich will es. Ich muss es sogar.

Darüber hinaus hat sich die *EVA* schon selbst damit strafbar gemacht, dass sie mich bei den Behörden noch nicht gemeldet hat, obwohl ich längst zu auffällig geworden bin. Eine Verschleierung solcher Tatsachen macht sie mehr als nur mitschuldig. Wir sitzen daher sowieso bereits im selben Boot, wie man früher so gerne zu sagen pflegte.

»Der Schatten ist doch nur in dir? Was hat er verursacht?«, unterbricht sie jetzt die Ruhe, die schon wieder Minuten angedauert hat. Der Ton ihrer Stimme drängelt mich, als hätte sie keine Zeit mehr. Und doch vermittelt sie mir, sie wolle alles lückenlos erfahren. Aber viel Neues gibt es im Moment gar nicht zu erzählen.

Es musste sich für ihn glitschig anfühlen. Ob es sich gerade warm oder doch eher kühl angriff, vermag ich nicht zu beurteilen. Ich kann nur sagen, dass es sich für mich leicht warm anfühlte. Zumindest wurde mir dabei warm, vor allem in der Brust. In diesem Zusammenhang merkte ich, dass ich doch mehr Flüssigkeiten absondern musste als gedacht. Die Finger meines Bruders glitten direkt über den empfindlichen Bereich zwischen meinen Beinen. Es flutschte regelrecht, und obwohl somit kaum Reibung vorhanden war, erregte mich diese Berührung immer mehr.

Dabei stieg in mir ein Gefühl auf, das ich schon zu kennen schien. Ich hatte diese seltsamen Reize (in gewisser Weise) bereits einmal zuvor gespürt. Ich dachte, dass auch dafür der Junge verantwortlich gewesen war, mit dem ich bereits seit Monaten dieses eine Bett hatte teilen müssen. Ja, es war dasselbe Gefühl wie einige Zeit zuvor, als der vermeintliche Bruder meine knospenhaft heranwachsenden Brüste massiert und die Brustwarzen geknetet hatte.

Dort zwischen meinen Beinen musste er nun also noch so eine erogene Zone gefunden haben, die das gleiche in mir auslöste. Oder noch besser gesagt, etwas ähnliches, doch um ein Vielfaches intensiveres. Obwohl ich dort unten doch nur eine einzige kleine Stelle hatte.

Umso mehr er dieses nur wenige Zentimeter große Teil massierte, umso präsenter wurde mein ganz neues Gefühl. Dabei wurde mir immer wärmer und wärmer, richtig heiß. So heiß, dass ich bereits spürte, wie sich einzelne Schweißperlen auf meiner Stirn bildeten, genau wie überall am restlichen Körper.

Gleichzeitig breitete sich ein Kribbeln unter meiner Haut aus. Auch dieses kam mir bereits vage bekannt vor. Dazu schränkten die Vorgänge und die damit verbundenen Gefühle meine Motorik ein. Ich wollte meine Extremitäten bewegen, jedoch leisteten sie dem gezielten Impuls keinen Gehorsam. Fast so, als wäre ich kurzfristig gelähmt. Und dennoch musste mein Körper Druck abbauen, die Muskeln lockern, die immer mehr spannten. Daher öffnete ich den Mund; vielmehr führte mein Unterkiefer diese Bewegung von selbst aus, als dass ich einen Befehl dafür gegeben hätte.

»Ahhh«, ein langes und allmählich lauter werdendes Stöhnen entwich meiner Kehle und löste dadurch auch die Verspannungen. Ich merkte, dass nach und nach wieder ein Gefühl in meine Hände und Füße, Arme und Beine floss, und sie sich nun bewegen wollten.

Ein sanftes, jedoch stetig kräftiger werdendes Zittern meines Körpers ging dem voraus. Es erweckte den Anschein, als würde meine verletzliche Hülle zu beben beginnen. Ich wollte meine Augen öffnen. Doch auch so sah ich nur noch Schwärze; und einen schattenhaften Schmetterling, der daran vorbei zu huschen schien.

Dann fühlte ich erneut eine Berührung, doch sie war kalt und unfreundlich. Und ich vernahm eine Stimme, die immer wieder meinen Namen schrie – in unablässiger Wiederholung.

Stetig lauter werdend, und begleitet von einem harten Rütteln an meinem Körper, gellte mir mein eigener Name immer wieder und wieder um die Ohren. Ich versuchte noch einmal, meine Augen zu öffnen, und mit Mühe gelang es mir. Doch als sich das Gesicht über mir langsam abzeichnete, erschrak ich. Denn es gehörte nicht der Person, die ich erwartet hatte.

»Felicity! ... Felicity! So wach doch auf«, wiederholt meine *Tante*, die längst nicht mehr meine *Tante* ist, immer wieder; während ich, nach wie vor so erschrocken wie überrascht, in ihr fast faltenfreies Gesicht blicke.

Um anschließend die Erleichterung in ihren giftgrünen Augen aufblitzen zu sehen. Diese Augen, die in ihrem Leben schon so viel gesehen haben.

»Felicity?«, dröhnt immer noch die vertraute Stimme in meinem Kopf. Ich reibe mir die Augäpfel, in der Hoffnung, dadurch schneller wach zu werden und meine Gedanken ordnen zu können.

»Was machst du denn hier, *Tante*?«, frage ich verwirrt, als ich endlich meine Stimme wiederfinde. *EVA* verzieht überrascht das Gesicht und hebt ihre rechte Augenbraue leicht an.

»Wie bist du in mein Apartment gekommen?«, hake ich nach, nachdem sie, nach einer gefühlten Minute, immer noch kein Wort gesagt hat.

»Das ist nicht dein Apartment«, klärt mich die *Tante* mit beruhigend sanfter, belehrender Stimme auf.

»Ja, ich weiß, genaugenommen ist es ein Apartment der *KOLON!E*; des Staates; und er hat es mir aus Freundlichkeit und nur für den Zeitraum, in dem ich am Leben bin und ihm dienen kann, zur Verfügung gestellt«, gebe ich automatisch und leicht zermürbt zurück. Es überrascht mich, dass ich überhaupt so klar denken kann, nachdem ich eben erst so unsanft aus dem Schlaf gerissen worden bin. Gleichzeitig bin ich genervt – und bleiern müde.

»Das habe ich nicht gemeint, Felicity. Du irrst dich«, spricht sie, immer noch sanft, weiter.

»Wie soll ich das jetzt verstehen? Du verwirrst mich.«

»Es ist mein Apartment. Jenes, welches ich zurzeit bewohne.«

»Deines?«

»Ja.«

»Und wie komme ich hierher?«

»Du bist von selbst gekommen. Vor nicht einmal zwanzig Minuten.«

»Was?« Jetzt bin ich wirklich verwirrt. Wie bin ich bloß hierher gekommen?

»Hilf mir bitte auf die Sprünge, *Tante* Laura.«

»Du bist vorhin, wie immer ungebeten und überraschend, bei mir aufgekreuzt, um zu reden«, erklärt sie. Ich nicke kurz, um zu signalisieren, dass ich ihr zuhöre. Und das, obwohl sich, langsam aber sehr vehement, massive Kopfschmerzen in mir auszubreiten beginnen.

»Dann, Felicity, bist du plötzlich weggenickt, mitten im Gespräch. Von einer auf die andere Sekunde. Du hast einen Satz zu Ende gesprochen und daraufhin bist du, mit einem Schlag, ruhig geworden. Ich dachte, du machst eine kurze Gesprächspause, um dir die nächsten Worte zurechtzulegen. Doch dem war nicht so.«

Ich nicke erneut und bin etwas erstaunt. Das Dröhnen im Kopf wird eine Spur intensiver.

»Ich sah dich genauer an und stellte fest, dass deine Augen geschlossen waren. Auch deine Atmung wurde sanfter. Während ich mir noch überlegte, was jetzt bloß passiert sein könnte, begannst du beißend zu schnaufen. Dein Körper fing zu zittern an. Und dann vernahm ich ein Stöhnen. Deshalb habe ich dich gepackt und an dir gerüttelt, um dich zu wecken. Dabei habe ich immer wieder deinen Namen gerufen. Doch es dauerte lang, bist du endlich reagiert hast. Schweißperlen haben sich auf deiner Stirn gebildet. Es dauerte mindestens eine halbe Minute, bis du wieder zu dir gekommen bist.«

»Oh«, ist das einzige, was mir nun dazu einfällt. Das hört sich alles so seltsam an; einfach merkwürdig. Und es ist mir unangenehm.

»Alles gut bei dir?«, erkundigt sich meine ehemalige *EVA*.

»Ja, ich denke schon. Ich habe wohl geträumt.«

»Geträumt? Wenn, dann sah es eher nach einem Albtraum aus. War es denn ein Albtraum?«

»Ich weiß es nicht.«

»Wie, du weißt es nicht?«, fragt sie in besorgtem Ton.

»Ich bin mir nicht sicher, was ich von diesem Traum halten soll. Er bringt mich irgendwie zum Grübeln. Er hat etwas Schönes und auch etwas Böses an sich.«

Die *Tante* nickt verständnisvoll.

»Er kommt immer wieder. Alle paar Tage. Und er hat auch etwas Vertrautes«, fügte ich noch erklärend hinzu.

»Oh«, erwidert jetzt Laura. Es klingt ratlos.

»Ich sollte jetzt besser gehen.«, sage ich, während ich schon Anstalten mache, aufzustehen – und bereits die Schleuse, den Ausgang ins Auge gefasst habe.

»Warte, Felicity«, kommandiert mich die *Tante* dezent aber bestimmt zurück, um mich am fluchtartigen Verlassen ihres Apartments zu hindern. »Du wolltest mir doch von den Schatten erzählen. Deswegen bist du ja vorhin zu mir gekommen. Was ist jetzt damit?«

»Das muss warten. Bis morgen.«

Die *EVA* nickt enttäuscht.

»Ich muss mich ausruhen. Meine Gedanken ordnen. Ich werde morgen wiederkommen. Versprochen«, betone ich, während ich schon auf halbem Weg zum rettenden Ausgang bin.

»Felicity?«

Ich stoppe, als ich noch einmal die vertraute Stimme vernehme.

»Ja.«

»Du weißt, was das bedeutet?«

»Was bedeutet?«, frage ich, obwohl ich die Antwort bereits weiß.

»Diese Träume.«

»Es ist doch nur ein Traum«, sage ich und hoffe, dass meine Stimme so sicher klingt, wie ich sie erscheinen lassen möchte. Ich will hier jetzt nur noch weg.

»Egal. Schon ein einziger Traum ist bereits zu viel. Dir ist bewusst, dass ich dich bei den *Beschützern** melden müsste?«, belehrt mich *Tante* Laura erneut.

»Und«, dabei setze ich eine verzweifelte und bittende Miene auf, »wirst du es tun?«

»Nein.«

Ich atme erleichtert auf.

»Damit meine ich, ich weiß es noch nicht. Ich will vorher alles gehört haben. Von dir. Dann entscheide ich über meine nächsten Schritte. Wobei es jetzt schon gefährlich ist. Nicht nur für dich. Auch für mich.«

»Okay.« Ich nicke dankbar und nähere mich endlich der Schleuse. Bevor sie sich öffnet, dringt noch einmal die vertraute Stimme von *Tante* Laura an mein Ohr.

»Versuch, dir nichts anmerken zu lassen. Und erzähle NIEMANDEM davon. Kein einziges Wort. Hörst du? Niemandem!«

Ich halte kurz inne, nicke dann bedächtig mit dem Kopf, ohne mich nochmals umzudrehen, und verschwinde dann endlich durch die Tür, ohne noch ein weiteres Wort zu sagen.

Ich würde ja schon fast behaupten, dass ich stolz bin. Nicht so sehr auf mich selbst, sondern vielmehr auf das neue kleine Ding. Das nicht mehr ganz so kindliche Kind. Das *[sUbjEkt_1.03x]*.

Es ist bereits sehr selbständig geworden. Es hat von ganz alleine angefangen, meinen Keller zu erkunden. Als ich eines Tages die Tür zur Zelle offenstehen gelassen habe. Absichtlich habe ich sie nur angelehnt, nicht ins Schloss fallen lassen oder gar abgeschlossen. Und nach nicht einmal einer Stunde hat es bereits gewagt, einfach durch die Pforte zu schreiten.

Dabei habe ich sie heimlich beobachtet. So wie ich sie alle mit Freude beobachte – meine kleinen zarten Subjekte, mit denen ich so gerne spiele. Bloß, dass sie nicht wissen, dass es ein Spiel ist.

Überall in meinem kaum verfallenen Gewölbe habe ich Kameras installiert. So gut versteckt, dass ich manchmal selbst nicht mehr weiß, wo genau sie sich befinden. Doch dadurch kann ich sie immer beobachten. Jede Sekunde ihres Lebens, das sie hier verbringen. Vierundzwanzig Stunden am Tag, sechzig Minuten in der Stunde; wenn ich möchte.

Ich kann die Bilder sogar auf den Kommunikator an meinem Handgelenk übertragen. Das System erkennt, wenn sich etwas Relevantes in einer der Zellen tut. Und momentan ist der Käfig mit *[sUbjEkt_1.03x]* sehr interessant. Die anderen Zellen sind verschlossen, und die Subjekte darin schlafen.

Doch *[sUbjEkt_1.03x]* hat gerade jetzt, in diesem Augenblick ihre Zelle verlassen, und irrt in den dunklen Gängen umher. Gut, dass ich auch genügend Infrarot-Kameras installiert habe. So entgeht mir nichts. Im Moment steuert das Wesen auf eine bestimmte Tür zu. Unbewusst oder bewusst, das weiß weder ich noch weiß es wohl das Subjekt selbst.

Es ist die Kammer mit dem improvisierten Garten darin. Eine Art grünes Gewächshaus in einer feuchten, ursprünglich ebenfalls dunklen Zelle. Nur wird dieser Raum in einem bestimmten Rhythmus mit hellem, warmem Licht ausgestrahlt, das die Pflanzen darin zum Blühen bringt und am Leben erhält.

Das Licht ist gerade eingeschaltet; die Tür jedoch geschlossen. Dennoch hat sich ein lichter Schein um den Rahmen gebildet, welcher durch die Ritzen dringt. Ein einladendes, leuchtendes Portal, das das Subjekt auf wunderliche Weise in seinen Bann zu ziehen scheint. Es bewegt sich direkt, ohne zu zögern, darauf zu.

Unschlüssig bleibt es jedoch vor der Tür stehen.

Was es jetzt im Moment wohl denken mag?

Was geht ihr durch den Kopf?

Warum tritt es nicht einfach durch?

Statt sich zu bewegen, verharrt sie davor.

Was hat mein *[sUbjEkt_1.03x]* nur vor?

Es kann wohl den eigenen Augen nicht trauen. Erstaunt, mit weit geöffnetem Mund und vergrößerten Pupillen, starrt es mich an – seit Minuten. Das streunende Subjekt kann es immer noch nicht fassen, dass ich mich ihm gezeigt habe; aus dem Nichts. Einfach so.

Ich habe mich im Garten versteckt, nachdem es nach einer Stunde immer noch verzweifelt darin herumgeirrt ist. Anfangs habe ich nur etwas Verstecken mit ihm gespielt. Ich bin gewandert, zwischen den Schatten. In passenden Momenten habe ich dem Wesen meine Silhouette gezeigt, für den Bruchteil einer Sekunde. Doch lange genug, dass es sich unwohl fühlt und zu grübeln beginnt, ob es hier auch wirklich allein ist oder doch beobachtet wird.

Nur so zum Spaß habe ich das gemacht. Schließlich ist es eins von meinen Spielzeugen. Denn dafür habe ich es ja auch eingefangen und hier in meine unterirdische Käfigwelt gesperrt. Damit es mir Freude bereitet.

Doch dann wurde es mir doch zu langweilig, und ich habe mein Versteck aufgegeben. Flink bin ich zwischen den blühenden Büschen hinaus auf den saftigen grünen Rasen gesprungen, direkt ins Licht. Und habe dabei ein paar weiße Federmotten aufgescheucht. Wie eine Erscheinung muss ich jetzt auf das Subjekt wirken. Und ganz misstrauisch schaut es mich immer noch an.

Eine Minute. Zwei Minuten; drei ... Es starrt mich immer noch an und rührt sich nicht. Langsam wird es mir zu blöd, und es beginnt zu nerven.

So strecke ich dem Subjekt meine Hand entgegen. Wie hypnotisiert hebt es ebenfalls seine Hand und streckt sie mir auch entgegen. Zögerlich verweilt es einige Sekunden. Dann greift ihre Hand nach meiner und hält sie fest. So, als wolle das Subjekt sie nie wieder loslassen.

Auch ich drücke nun kräftiger zu, damit es weiß, dass ich seine Aktion bemerkt habe. Ich gehe einige Schritte vorwärts, und es folgt mir. Unsere Hände sind immer noch fest ineinander gekrallt. Ich mag unser Spiel.

Ich schreite durch die Tür aus dem Garten. Es kommt mir hinterher. Ich führe es den finsteren Gang entlang. Es ist dicht hinter mir. Wir verschwinden durch das Gitter in ihre Zelle. Es zögert nicht. Ich lockere meinen Griff und lasse ihre Hand los. Ihre Finger gleiten zwischen meinen hervor. Ich ziehe mich langsam zurück, dem Ausgang entgegen. Es bleibt stehen.

Mit leerem, doch irgendwie vertrauensvollem Blick sieht es mir nach. Ich starre es an. Dann schließe ich die Zellentür und lösche das Licht. Einen kurzen Augenblick lang scheinen ihre Augen aufzuleuchten. Kein Geräusch, keine Bewegung.

Ich drehe den Schlüssel um und gehe. Wann ich wiederkommen werde, das weiß ich nicht. Ob ich sie noch einmal aus ihrer Zelle lasse, ist ungewiss. Ich schreite ruhig und zufrieden den feuchten, müffelnden Gang hinunter. Der Schleuse in meine andere Welt entgegen.

✷ ✷

Eine weitere Nacht ist vorüber. Und wieder einmal bin ich schweißgebadet aufgewacht. Eine diffuse Furcht, eine bohrende Ungewissheit in mir scheint mir immer öfter den Schlaf zu rauben. Ich weiß gar nicht mehr, wann ich das letzte Mal durchgeschlafen habe. Müdigkeit – und eine damit einhergehende Reizbarkeit – wird allmählich zu meinem ständigen Begleiter.

Doch meine täglichen Aufgaben, die morgendlichen und abendlichen Rituale, gehen mir trotz allem ganz mechanisch von der Hand. Wie eine Maschine funktioniere ich; und erledige die Pflichten, die mir der Staat aufgetragen hat; im geordneten Takt, von Stunde zu Stunde. Ich halte mich scheinbar ganz automatisch an die Erwartungen der Gesellschaft – und an ihre Gesetze.

Als wäre ich nicht selbst bei meinen Handlungen anwesend. Sondern nur ein stiller Beobachter, der sich selbst beim eigenen Tun zusieht. Wobei es scheint, dass diese Tätigkeiten von außerhalb, von jemand anders gelenkt werden und ich selbst keinerlei Einfluss darauf habe. Ich sehe es, ich fühle es, ich denke es – jedoch lenke ich scheinbar nichts selbst. Weder meine Bewegungen noch meine Gedanken. Etwas von außerhalb steuert mich und ich lasse es einfach zu – lasse es mit mir geschehen.

Nur während der paar Stunden, die ich mehrmals pro Woche in meinem Keller, bei meinen Spielzeugen, verbringen kann – nur dann bin ich ich selbst. Dort kann mich niemand beeinflussen, lenken oder auch nur beobachten. Dort bin ich die Herrin über alles, kontrolliere sie und richte sie ab, sodass sie nur mir gehorchen. Die Subjekte kennen nur mich. Sie sind von mir abhängig. Ihr Leben. Ihr Tod. Dort unten in der ewigen Dunkelheit bin ich das einzige Licht, das für sie scheint. Ich bin ihre Erlösung. Durch mich werden sie erleuchtet. Und können bestehen.

Ach, wie ich manchmal auf sie neidisch bin. Wie einfach sie doch ihr beschauliches Leben fristen. Den ganzen Tag können sie faul in der Dunkelheit herumliegen und müssen nichts tun. Bekommen regelmäßig ihr Wasser (kein $H2O$) zu trinken und ihr *Nauth* zu fressen. Es fehlt ihnen an nichts. Denn auch das Licht bringe ich ihnen. Dafür müssen sie mich einfach nur ab und zu unterhalten; mit den Spielen, die ich mit ihnen spiele. Um mehr brauchen sie sich nicht zu kümmern. Keine Probleme, keine Sorgen, die sie quälen. Ein ruhiges, entspanntes Leben ist es dort, in dieser – lediglich von harmlosen Federmotten besiedelten – Dunkelheit.

Nur etwas mehr Dankbarkeit könnten sie mir gegenüber zeigen. Schließlich habe ich die ganze Arbeit. Ich muss mich für sie abquälen. Ohne mich würden sie einfach sterben. Und das will ich nicht. Wenn, dann sollen sie wegen mir krepieren. Durch mich. Weil ich es will.

Aufgrund der Tatsache, dass ich sie aus ihrer früheren geordneten Welt befreit habe, müssen sie sich nun für mich opfern. Denn hier in meinem Keller eingesperrt, von der großen freien Welt dort draußen abgetrennt, haben sie schließlich bei mir die perfekte Freiheit gefunden.

Dort draußen an der Oberfläche herrscht das Ungewisse.

Denn viel zu viele Menschen gibt es in dieser *KOLON!E*. Bei mir aber sind sie allein und bekommen das Leben, das sie wirklich verdienen. Dort unten können sie einfach sie selbst sein. Und ich wache über sie. Es sind meine Kinder, meine Subjekte; und irgendwann werde ich sie dann in eine bessere Welt entlassen können. In eine perfekte Welt, von mir geformt.

»Bist du wahnsinnig?«, brüllt mich meine *Tante* an. Sie ist tatsächlich in Rage. Das Entsetzen steht ihr regelrecht ins Gesicht geschrieben. Ein fassungsloser, ungläubiger und tief betroffener Ausdruck scheint wie mit einem Meißel in ihr Antlitz gezeichnet, nein: gestemmt zu sein. Fasziniert betrachte ich ihre versteinerte Miene.

Dabei habe ich meiner *Tante* lediglich die Wahrheit erzählt. Die Tatsache, die sie plötzlich doch viel lieber nicht mehr hören wollte. Ein Geständnis, welches sie allzu gerne rückgängig machen würde. Ich soll es zurücknehmen, es ungesagt machen. Es verschwinden lassen in der ewigen Dunkelheit. Vermutlich wünscht sie sich jetzt, dass ich es ihr nie gebeichtet hätte; und dass ich nicht nochmals zurückgekommen wäre.

Wahrscheinlich wünscht sie sich sogar gerade, sie hätte mich niemals kennengelernt. Dass ich am besten nie existiert hätte. Doch diesen Wunsch kann ich Laura nicht erfüllen. Jetzt ist es längst zu spät.

Und dabei habe ich ihr nur von den Schatten erzählt. Und von ihren Stimmen. Und von dem lautlosen Flüstern, das ich fortlaufend in mir vernehme. Und von den Anweisungen, die sie mir erteilen. Von den Träumen, in denen sie mir erscheinen. Und von den Träumen, in meinen Träumen. Von den Kellern tief unter der Erde, die nur in meinen Gedanken existieren. Von den Zellen darin – und von den Subjekten, die ich in meinen Träumen darin eingesperrt habe.

Und meine *Tante* scheint es nicht verstanden zu haben; es

nicht verstehen zu wollen; dass es sich doch nur um Träume handelt.

»Ist das dein Ernst?«, fragt sie mich mit einer Flüsterstimme, die mir das Blut in den Adern gefrieren lässt. Nach Minuten vollkommener Stille – in der selbst unser beider Atem kaum hörbar ist – scheint meine Vertraute ihre Stimme wiedergefunden zu haben. Doch außer ihren Lippen bewegt sich in ihrem Gesicht kaum etwas. Als wäre es wirklich versteinert.

Nur in ihrem rechten Augenwinkel löst sich langsam eine Träne, die versucht, ihren Weg über die marmorierte Wange nach unten zu finden. Doch sie ist so klein und schwach, dass sie vermutlich noch auf halbem Wege auf der kalten versteinerten Miene gefrieren und dann langsam in die warme ungebundene Luft verdunsten wird.

»Was hast du nur getan?«, fügt sie in derselben Stimmlage und mit dem gleichen kalten Ausdruck hinzu, nachdem ich wieder, zu lange, nichts gesagt habe.

Um zu signalisieren, dass ich ihr doch zugehört habe, nicke ich zuerst mit dem Kopf und hebe und senke dann leicht meine Schultern, um anzudeuten, dass ich es nicht weiß. Denn ich habe überhaupt keine Ahnung, was ich ihr darauf antworten soll. Schließlich habe ich rein gar nichts falsch gemacht. Doch meine *Tante* ist da wohl anderer Meinung.

»Das, was mir die Stimmen befohlen haben«, finde ich nach weiterem Stillschweigen doch noch die passenden Worte.

»Bitte was?«, gibt Laura erstaunt zurück.

»Die Stimmen, die mir immer wieder etwas zuflüstern.«

»Welche Stimmen?«

»Die Stimmen einfach. Sie sind in mir und reden mit mir.«

»Was reden sie?«

»Sie geben mir Aufgaben, die ich erfüllen soll.«

»Tun sie das oft?«

»Was?«

»Dass sie dir sagen, was du machen sollst. Hörst du die Stimmen öfters – oder gar ständig?«

»Nein, nur ein paar Mal am Tag. Manchmal schweigen sie aber auch mehrere Tage lang.«

»Interessant.« *Tante* Laura weiß nicht mehr, was sie darauf sagen soll. Das scheint nun alles endgültig zu viel für sie zu sein.

Welche Gedanken ihr jetzt wohl durch den Kopf gehen?

Doch gleichzeitig löst sie durch ihr Stillschweigen etwas Angst in mir aus. Sie ist viel zu lange stumm.

Wird sie mich nun doch verraten?

Mich den Behörden melden?

Panik macht sich in mir breit. Schweiß sammelt sich langsam auf meiner Stirn. Meine Hände beginnen zu zittern und die feinen Härchen an meinen Unterarmen richten sich allmählich auf.

Ich muss hier raus!

»Es ist wohl besser, du gehst jetzt«, beendet meine frühere *EVA* plötzlich schroff das stumme Warten.

»Was?« In panischen Gedanken verschlungen, registriere ich ihre erlösende Aufforderung kaum.

»Es wäre begrüßenswert, wenn du jetzt prompt verschwinden würdest, Felicity. Ich muss allein sein, um das alles zu verarbeiten«, fordert sie mich auf.

»Oh. Ja. Wie die Zeit verflogen ist. Ich muss sowieso noch etwas erledigen.« Während ich spreche, bin ich auch schon aufgesprungen und geradeaus zum Ausgang marschiert. Ohne dass wir noch weitere Worte wechseln oder uns verabschieden würden, verlasse ich das Apartment meiner *Tante* und flüchte den kalten Korridor nach unten. Je weiter ich mich entferne, desto erlöster fühle ich mich.

»Hab keine Angst«, flüstere ich letztendlich doch in die kalte Dunkelheit von Zelle 1.02, in der sich irgendwo das ängstliche *[sUbjEkt_1.02x]* versteckt haben muss. Doch vielmehr halte ich mich vor ihm verborgen. Bin stets in den finsteren Ecken geblieben und nur mit den Schatten gewandert, damit ich es unentdeckt beobachten konnte. Fast schon stundenlang, ununterbrochen – und das mehrmals in den letzten Tagen und Wochen.

Doch die leisen, vorsichtigen Worte sind intensiver als beabsichtigt zu dem Subjekt durchgedrungen. Es beginnt sich angstverzerrt umzublicken, die geweiteten, feuchten Pupillen springen wild von einem Punkt zum anderen, vollkommen panisch und dennoch kontrolliert.

Die verängstigten Augen können mich nicht entdecken, nur ich kann das Subjekt sehen. Und dann versucht sie sogar noch, ihre ganze linke Hand in den Mund zu stecken, um auf den Fingernägeln herum zu kauen.

Doch plötzlich hat mich das kindliche Wesen anscheinend doch kurz entdeckt. Es richtet seinen Blick genau in jenen Schatten, in dem ich mich versteckt halte. Seine Augen fixieren meine. Es beobachtet mich. Es hat mich registriert.

Ich bin aufgeflogen. Es ist zu spät, um unerkannt zu entkommen.

Was nun?

Ich bin zu ausgelaugt, um noch länger still zu verharren. Ich muss mich nun wohl bewegen – mich vielleicht sogar zu erkennen geben.

»Vertrau mir«, fordere ich nun das Subjekt vor mir auf, während ich bedächtig aus dem Schatten schreite, »folge mir jetzt, dir wird nichts passieren, [sUbjEkt_1.02x].«

»Was willst du von mir? Wer bist du?«, entgegnet es mir mit zittriger und zurückhaltender Stimme.

»Die *Alben* haben mich nach dir geschickt, damit ich dich von hier wegbringe«, belüge ich meinen bevorzugten Schützling eiskalt.

»Bist du eine von ihnen? Bist du eine von den *Alben*?«

»Nein, das bin ich nicht, mein Kind.«

»Aber warum bist du dann hier? Die *Alben* haben noch nie jemand anderen geschickt. Und sie haben sich mir auch noch nie gezeigt. Die *Alben* bleiben sonst immer im Verborgenen.«

»Ich weiß. Und ich habe schon gesagt, dass ich niemand von ihnen bin. Ich helfe ihnen nur«, lüge ich ganz bewusst weiter, um das Vertrauen des Subjekts zu gewinnen.

»Dann bist du ein *Schattenwesen*?«

»Nein, das bin ich nicht. Vertrau mir, [sUbjEkt_1.02x]. Ich bin hier, damit dir nichts passiert. Ich werde dir nichts antun. Und die *Alben* werden dir solange auch nichts tun. Sie haben es mir versprochen.«

In der gebrochenen Dunkelheit erkenne ich, wie das Kind in seinem Käfig zu grübeln beginnt. Es scheint meine Worte abzuwägen, doch ich denke, dass ich wohl die richtige Lüge erzählt habe, um es zu überreden, dass es mit mir kommt. Ich habe zwar noch keinen genauen Plan, was dann passieren soll, aber auch dazu wird mir schon noch die passende Idee kommen. Vor wenigen Minuten hat sich mein ursprüngliches Vorhaben – nämlich, dass ich, von den Subjekten unbemerkt, handle und sie glauben lasse, eine unbekannte Macht wäre für ihre jetzige Situation verantwortlich – in eine spontane Improvisation verwandelt.

»Gut, ich komme mit dir«, durchbricht das Subjekt nun doch die Stille und wirft mich kurzzeitig aus meinen Gedanken. Doch nach nur wenigen Sekunden bin ich wieder ganz bei der Sache.

»Tu mir nur bitte nichts an, versprichst du mir das?«

»Ja, ich verspreche es dir, *[sUbjEkt_1.02x]*. Ich werde dir überhaupt nichts antun. Und jetzt tritt aus deinem Zimmer und folge mir«, fordere ich es auf. Ich habe dem Kind genau das gesagt, was es hören will. Doch bald wird es bitter bereuen, mir gefolgt zu sein. Wobei ich anmerken muss, dass das Subjekt in Wirklichkeit überhaupt keine Wahl hat. Würde es mir nicht freiwillig folgen, so würde ich es dazu zwingen.

Sogleich öffne ich die verschlossene Gittertür. Nun sehe ich das Subjekt in seiner vollen, erbärmlichen Pracht vor mir stehen. Stumm deute ich ihm den Weg, welchen es im Korridor entlanggehen soll. Mit nur einem Schritt Abstand folge ich geräuschlos. Zu meiner Zufriedenheit kann ich die Angst des Körpers vor mir regelrecht spüren. Daher wird mein Spielzeug sich nicht trauen, einen Fluchtversuch zu wagen.

Und dann zeige ich mich dem Kind, als wir das Licht erreicht haben. Erstaunt sieht es mich an, mustert mich gewissenhaft, vom Scheitel bis zur Sohle. Mit diesem Anblick hatte es wohl nicht gerechnet. Und ich selbst kann mir ein Grinsen nicht verkneifen – und präsentiere ihm ein gewiss mehrdeutiges Lächeln.

Dann hat sie doch allen Ernstes von diesen Stimmen erzählt. Von dem bohrenden Flüstern der Schatten, die sich in ihrem Kopf befinden. Und das kann ich nicht glauben. Ich will es nicht wahrhaben.

Wie konnte es nur soweit kommen?

Das hätte nicht passieren sollen. Dieser undenkbare Fall, der niemals hätte eintreten dürfen, hat es soeben doch getan. Das *Schattenwesen* ist in Gefahr.

Ich bin in Gefahr.

Sie weiß zu viel. Nein, vielmehr sind diese unzähligen Ereignisse und Begebenheiten in ihrem Gehirn gespeichert. Und ihr scheint bewusst geworden zu sein, dass sich darin eine Wahrheit versteckt, die nicht für sie bestimmt ist. Das ist besorgniserregend. Aber noch nicht das Ende.

Die Informationen sind zwar alle in ihr, doch sie kann damit nichts anfangen. Noch nicht. Denn ihr fehlt der Zusammenhang. Sie hat zwar alle nötigen Steine gefunden, doch liegen diese alle chaotisch verstreut in ihrem Gedächtnis herum. Das Wissen, wie man sie zusammensetzt, existiert nicht in ihr. Sie kann damit – ohne eine entsprechende Bauanleitung – nichts anfangen.

Dennoch ist es gefährlich. Denn sie hat Zeit. Sehr viel Zeit sogar. Und wenn man diese hat und noch dazu die damit verbundene Langeweile, so findet man doch noch irgendwann des Rätsels Lösung. Früher oder später wird sie die lose verstreuten Puzzleteile in ihrem Gehirn zu ordnen beginnen; und wenn sie eine Struktur darin erkennt, wird sie auch versuchen, diese zusammenzusetzen. Ganz ohne Anleitung. Und wenn es unzählige Anläufe dafür braucht. Sie war schon immer sehr pragmatisch.

Sie ist eine tickende Zeitbombe, die jederzeit explodieren kann – und ich weiß nicht, ob das in ein paar Stunden, Tagen, Wochen oder auch erst Monaten passieren wird. Nur dass sie irgendwann explodieren wird, da bin ich mir ganz sicher.

Aber mit einer Sache hat sie Glück, wenn man es so nennen möchte. Ich werde sie mit Bestimmtheit nicht bei den *Beschützern** melden. Der Verrat an dem kleinen Miststück wäre schließlich auch mein Untergang. Womöglich sogar mein Todesurteil. Wobei ich gar nicht weiß, ob der Staat in den *KOLON!E'n* unbescholtene oder gescholtene *Kolobürger** überhaupt vernichten lässt. Wahrscheinlich sind wir dafür in jedem Fall zu wertvoll, da wir immer noch so wenige sind (nach Ansicht des Staates) – auf diesem nahezu vollkommen zerstörten Kontinent des Planeten.

Vielmehr wird der Staat derlei Abkömmlinge wieder auf den richtigen Weg leiten. Unterstützt von Therapien, einer förderlichen Erziehung und, wenn es sein muss, mit unzähligen Gehirnwäschen und schmerzhaften Folterungen – psychisch wie physisch. Alles zum Wohle der verbliebenen Menschheit – zum Wohle des Staates. Denn kein Mensch darf verloren gehen.

Immerhin ist jeder *Kolobürger** Eigentum des Staates und hat ihm daher unweigerlich zu dienen, und nicht zu schaden.

Und dennoch ist es das Letzte, das ich will: Dass ich von einem dumpfen *Beschützer** festgenommen werde. Den Behörden des Staates übergeben werde und in eine Besserungsanstalt komme; von der, so sagt man, noch nie jemand zurückgekommen ist.

Doch ich schweife ab. Ich muss mich jetzt konzentrieren. Bei der Sache bleiben.

Das Mädchen wird zu einer Gefahr, vor allem für mich. Und das muss ich ändern. Ich muss mich von meinem eigenen selbsterschaffenen, subjektiven Wesen fürchten und in Acht nehmen. Und ich muss es vor sich selbst beschützen, indem ich es wohl oder übel wieder vernichten muss. Und das leider nicht zum ersten Mal.

Sondern dann schon zum vierten Mal, und das in der überschaubaren Zeit an Monaten, seit ich sie zu mir geholt habe. Ich sie entdeckt und dafür gesorgt habe, dass sie immer in meiner Nähe ist, ohne dass es ihr je selbst bewusst war. Und hierfür habe ich auch schon wieder einen neuen Plan.

Gib mir deine Augen
Gib mir dein Licht
Schenk mir deine Tränen
Doch weinen sollst Du nicht

Gib mir deine Augen (2012) ©RAMMSTEIN

FÜNF

ΛUGENΛNGST –

LICHT & DUNKEL: FOLGE III
ODER: PTEROPHORUS PENTΛDΛCTYLΛ

EIN HERBST VOR DEM JΛHRE 2081
(sUBJEKT_1.03x)

[sUbjEkt_1.03x] – du bist wach! Gerade bist du wieder aufgewacht. An einem Tag wie jedem anderen. Einem Tag, den du
bereits jetzt zu kennen vermagst. Doch du spürst, dass etwas
eigenartig ist an diesem Morgen. Ein paar Momente liegst du
da, hast immer noch die Augen geschlossen. Du genießt die
ersten warmen Sonnenstrahlen, die dir deine Wangen streicheln. Dann öffnest du die zarten Lider.

Ein Schrei findet unkontrolliert seinen Weg durch deine
Kehle. Ein ohrenbetäubendes Geräusch, welches Glas bersten
lassen könnte. Du erschrickst dich vor dir selbst, kalte Angst
fährt durch deinen zierlichen, gebrechlichen Körper.

Ein Lichtblitz durchfährt dein Augenlicht. Das Licht. Der
helle Lichtschein dringt durch alle Ritzen in den Wänden und
fällt über die Augen ein. Es ist zu grell – die Strahlen brennen
enorm auf beiden Iriden. Der schlagartig auftretende Schmerz

lässt dich innerhalb kürzester Zeit mehrmals aufschreien. Doch du kannst ihn nicht unterbinden. Es ist alles irrsinnig leuchtend grell um dich. Die eigenen Lider verwehren dir den Versuch, sie wieder zu schließen. Deine Augen sind starr und ungeschützt. Jegliche Befehle verweigert dir dein Körper. Das Licht umgibt dich, es wärmt dich. Eine Wärme, in der du glaubst, zu verglühen. In diesem Delirium siehst du das Wasser in dir drinnen durch die Haut verdampfen. Der ansteigende Schmerz wird immer unerträglicher. Er erzeugt in stetig kürzer werdenden Intervallen vermehrt Schreie, die aus deiner Kehle dringen.

Du versuchst, eine Hand zu heben, willst dich mit den eingerissenen Fingernägeln an den brennenden Stellen kratzen. Doch all deine motorischen Fähigkeiten werden nach wie vor von deinem Körper verweigert. Du denkst darüber nach, dir die eigenen Nägel bis unter die Haut zu krallen. Und dann machst du es auch. Du willst – nein, du musst dein Blut spüren.

Das Blut aus deinem eigenen Körper brauchst du jetzt auf der Haut. Das warme Gefühl auf dem Unterarm. Dieser wohlwollende, dickflüssige Lebenssaft, der durch die Adern fließt. Du willst ihn fühlen, du willst ihn riechen – den metallischen Geruch darin. Und vor allem willst du ihn über deine Haut rinnen sehen.

Doch dann kommt dir noch ein alter, grausamer Gedanke, den du für ein paar Augenblicke verdrängt zu haben schienst. Denn du kannst doch kein bisschen sehen, da das Licht auf den Lidern schmerzt und es dich nicht die Augen öffnen lässt. Es scheint, als wären deine Augenlider mit der Hornhaut darunter verschmolzen. Der Versuch, sie aufzumachen, drangsaliert dich nur noch mehr.

Und gleich darauf kommt dir auch ein zweiter Gedanke, den du kurz zuvor noch für real gehalten hast. Aber in Anbetracht der jetzigen Misere, in der du gelandet bist, könnte es sich dabei auch nur um einen Traum handeln. Kurz davor warst du noch verblüfft und verzweifelt, dass dich dein Körper im Stich gelassen hat, was die Motorik anbelangt. Nicht einmal einen Finger konntest du auch nur einen Millimeter heben. Du kannst nur noch atmen, und dies ist ein automatisierter Reflex – und vermutlich der einzige Grund, warum du noch nicht tot bist. Abgesehen davon liegst du nur noch da und spürst den Schmerz. Fühlst die Angst in deinen Augen.

Blind – *[sUbjEkt_1.03x]*, du bist immer noch erblindet. Du kannst kein bisschen sehen und es auch nicht verstehen. Seit vielen Stunden liegst du da. Durch dein eigenes Körpergewicht an das Bett gedrückt, als wärst du daran gefesselt. Ein Zustand, in dem du nicht verweilen magst. Du willst dagegenwirken. Du musst kontern und in deine ursprüngliche Verfassung zurückfallen. Wieder die Person sein, die diesen zarten, geschmeidigen Körper besitzt. Du weißt, was du zu tun hast und du ahnst, dass es schmerzhaft werden wird – und genau davor hast du Angst.

Aber du musst es tun. Du kommst nicht umhin, in den nächsten paar Minuten die Augen zu öffnen. Du hast keine Wahl – du bist vielmehr genötigt, es zu tun. Denn nur dann kannst du verstehen, was du bis jetzt noch nicht verstanden hast. Es wird dir hoffentlich deine jetzige Situation erklären. Es wird dir die verschlossenen Augen auf eine andere Art noch einmal öffnen. Und dann wirst du es verstehen.

Um es zu verstehen, musst du es sehen – und um zu sehen, musst du es verstehen.

Du musst es begreifen, und musst es wagen, die Augen zu öffnen, um zu sehen. Um zu erkennen, was dich umgibt. Um zu erblicken, wo du bist, um alles nachvollziehen zu können. Deine geöffneten Augen werden es dir zeigen. Den schrecklichen Ort, an dem du dich aufhältst. Den unangenehmen Umstand, in dem du steckst. Und vor allem das Licht, das dich umgibt und dich im selben Moment derart fesselt, dass du dich überhaupt nicht mehr bewegen kannst. Die Beleuchtung, die dir diese unvorstellbaren Schmerzen bringt und dich dadurch lähmt.

Die Minuten vergehen. Du zögerst es hinaus. Du willst es nicht ausführen. Und doch weißt du gleichzeitig, dass du keine andere Wahl hast. Es ist deine einzige Option. Du musst es erledigen.

Du zählst in Gedanken die Sekunden herunter bis zu dem Augenblick, wo du den Befehl an die Augenmuskeln geben willst: Fünf, vier, drei, zwei, eins ... und jetzt?

[sUbjEkt_1.03x] – du weißt nicht, wie lange du ohnmächtig gewesen bist. Du kannst dich kaum noch an etwas erinnern. Nur noch Bruchteile der Sekunden, die dich erleuchteten, schwirren in deinem löchrigen Verstand herum. Du weißt, dass sie da sind. Du fühlst, dass es da ist, was du verstehen musst. Nur, es ist alles verschwommen und überall verteilt. Nichts hängt mehr zusammen.

Die einzige Konstante ist der Schmerz, der dich in diesem Augenblick umgibt. Das Leid, das durch die Augen in deinen Körper drang – in der Sekunde, wo die Lider einen Spalt von einem halben Millimeter auf die Iris freigegeben hatten.

Dieses helle, grelle Licht der befremdlichen Strahlung hat sich regelrecht in deinen Körper gebohrt. Ein Strahl unendlicher Wirksamkeit, der alles andere im Bruchteil einer Sekunde zum Verglühen zu bringen vermag. Doch dir hat er die Augen geöffnet. Du kannst es sehen, du wirst es fühlen und vor allem konntest du es gleichzeitig hören. Die *Lichtmahr:e* in dir – die *Alben* um dich. Nur die Worte sind dir geblieben, die dir jemand ins Ohr geflüstert hat:

SIEHST DU DAS LICHT?

ICH SEH DAS LICHT.

ES BEGEHRT DICH NICHT!

ICH MAG ES NICHT.

WAGST DU ES NOCH ANZUSTREBEN?

ICH SEH DAS LICHT.

WIRD ES BEENDEN DEIN LEBEN?

ICH MAG ES NICHT.

DU SIEHST DAS LICHT UND DU MAGST ES NICHT! Du kannst dich genau an diese seltsamen Antworten erinnern, zu den Fragen und Aussagen, die dir die Lichtmahr:e in dein Ohr geflüstert hat. Doch der Sinn dahinter hat sich dir nicht erschlossen. Es schwirrt dir immer noch, wie eine Motte, total zusammenhangslos im Kopf herum.

Deine empfindlichen Augen hältst du nach wie vor verschlossen. Gleichzeitig schützt du sie vor dieser unmöglichen Strahlung, dem seltsamen Licht. Und du bist dir momentan sicher, dass du in nächster Zeit deine Augen nicht einmal mehr annähernd öffnen möchtest. Du willst sie vor jeglichem Licht schützen. Und du hast auch keine Lust, dass du auch nur eine einzige Federmotte zu sehen bekommst.

Die Zeit vergeht, aber du weißt nicht, wie sie dahinschwindet.

Sind es Sekunden, Minuten, Stunden oder gar Tage?

Du liegst nur da und kannst dich nicht bewegen. Sekunden könnten Stunden sein. Tage könnten Minuten sein. Jegliches Zeitgefühl hast du verloren. Du hast keine Ahnung, ob die Zeit schnell oder schleppend vergeht. Du kannst nur mit Sicherheit sagen, dass die Zeit tickt. Mit welcher Geschwindigkeit sie abläuft oder nicht, wirst du hier nie verstehen.

✳ ✳

Am nächsten Tag erwache ich – ich gehe davon aus, dass es sich um den Morgen handelt. Theoretisch kann es auch Mittag sein, oder eine andere beliebige Stunde am Nachmittag (aber ich bezweifle dies eher). Ich öffne meine Augen und sehe, wie sich das Licht der ersten, noch schwachen Sonnenstrahlen durch die Ritzen zwischen dem Fenster und den Vorhängen bohrt. Ja, es muss der Morgen sein. Während ich noch im Bett liege, streichen diese jungfräulichen, warmen und wohltuenden Strahlen des Tagesanbruchs über mein Gesicht. Sie infiltrieren ein wohlwollendes und behagliches Gefühl in meinem Körper. Sie motivieren mich. Ja, es ist an der Zeit, den Tag zu beginnen. Ich richte mich auf und springe erfrischt aus dem Bett.

Doch anstatt mit den Beinen auf dem Boden zu landen, lande ich mit dem Gesäß. Meine unteren Extremitäten haben soeben ihren Dienst versagt. Ein kurzer, durchdringender Schmerz fährt mir dabei einmal komplett durch alle Gliedmaßen. Ich bleibe einige Momente am Boden liegen und atme ein paar Mal tief und fest ein und aus, um dieses Ereignis zu verarbeiten.

Als der Schmerz nachlässt und fühlbar etwas Energie in meine Beine kommt, stemme ich die Arme dem Boden entgegen. Ich spanne sie an und lasse all meine Kraftreserven in sie hineinfließen. Dann erhebe ich mich, ohne eine Beeinträchtigung zu vernehmen. Meine Füße halten nun dem Gewicht des Körpers, den sie tragen, ohne merkliche Probleme stand. Ich bin womöglich bloß etwas zu hastig aus dem Bett gesprungen.

Da mir meine Beine nun wieder gehorchen, dirigiere ich sie direkt auf das einzige Fenster in diesem Zimmer zu. Momentan versuchen die Sonnenstrahlen (immer intensiver werdend), sich durch die Vorhänge zu kämpfen. Jede auch noch so schmale Ritze, jedes nadelspitze kleine Loch wird dabei vom Licht von draußen eingenommen. Ich muss den Weg für die Sonne in das Zimmer freimachen.

Ich schließe meine Augen – damit sie nicht vom bevorstehenden Lichteinfall geblendet werden. Des Öfteren bewirkt ein solcher abrupter Helligkeitswechsel eine vollständige Erblindung von mehreren Minuten bei mir. Es dauert dann immer Ewigkeiten, bis sich meine Augen erneut an dieses grelle, strahlende Sonnenlicht gewöhnt haben.

Ich schiebe die Vorhänge zur Seite, atme noch einmal fest ein und aus. Verharre kurz bewegungslos. Dann öffne ich vorsichtig meine Augen. Überraschenderweise verspüre ich keinen Schmerz. Sie haben sich sofort an den Schein des Tageslichtes gewöhnt. Doch momentan sehe ich etwas da draußen, was ich noch nie zuvor gesehen habe. Eine neue und unbekannte Welt erstreckt sich vor mir. Durch das Fenster erschließt sich mir ein Bild, das nicht von dieser Welt sein kann.

Und dann sehe ich es zuerst – dieses Grüne und dieses Blaue. Grüne Wiesen und Wälder, die am Horizont in einen wolkenlosen, von der Sonne erstrahlten und dabei makellosen blauen Himmel übergehen. Die Weiden vor mir sind in saftigstes Grün getaucht. Darunter sind keine braunen oder kahlen Stellen zu finden. Es sind perfekte Oberflächen. Das Grün wird einzig durch farbenfrohe Blumen sowie Sträucher und Bäume durchbrochen.

Die Blüten der Blumen strahlen in den kräftigsten und verschiedensten buntesten Farben, die ich je gesehen habe. Rote Rosen blühen. Die Kirschbäume tragen ihre intensiven, rosaroten Knospen, um die herum zu meiner Überraschung sogar zahlreiche farbenprächtige Schmetterlinge flattern. Alles duftet so stark und herrlich, dass der Geruch sogar seinen Weg durch das verschlossene Fenster findet. Und doch wirkt gleichzeitig alles surreal.

Ich bin mir nach wenigen Sekunden des Staunens relativ sicher, dass diese Welt vor mir nicht real sein kann. Daher muss ich sie überprüfen, und dafür gibt es nur eine Option. Ich weiß, was ich zu tun habe und ich fürchte mich nicht davor – oder pflege Bedenken.

Es gibt nur diesen einen Weg und ich bin mir sicher, dass ich ihn jetzt bewältigen muss.

Ohne jegliche Furcht öffne ich mit nur einem Handgriff die beiden Flügel des Fensters, das mich von der unmittelbaren Außenwelt trennt. Warme, angenehme Luft strömt mir entgegen und streichelt sanft meine noch kalten Wangen. Ich bin bereit! Die Welt dort draußen kann mir nicht böse gesinnt sein – denke ich.

Und diesmal lande ich zum Glück auf den Füßen, nachdem ich mit Schwung aus dem Fenster gesprungen bin. Meine nackten Fußsohlen setzen behutsam auf dem weichen, grünen und leicht feuchten Gras auf. Die Sohlen werden dabei eins mit dem saftigen Erdboden unter mir. Es scheint, als würde die Energie direkt in meinen Körper gesaugt.

Mit frischer Kraft vollgetankt mache ich mich auf den Weg, ohne ein Ziel vor Augen zu haben. Ich spaziere behutsam durch den weitläufigen Garten, der sich vor mir abzeichnet. Streife an den farbenprächtigen und wunderbar duftenden Blumenbeeten vorbei, von denen eines betörender ist als das andere.

Ich bin gefangen im Zauber dieser unwirklichen und doch fassbaren Welt vor mir. Das Grün der Wiesen, das Blau des Himmels und die bunte Pracht der Pflanzenwelt um mich haben mich gefesselt. Wie in Trance bewege ich mich umher, als würde ich schon mein ganzes Leben lang hierhergehören – als wäre ich mit diesem Garten rund um mich aufgewachsen.

Stundenlang bewege ich mich weiter achtsam über Erde und Gras, drehe meine ziellosen Runden und bewundere alles – es ist denkbar, dass es bereits einige Tage sind, seit ich aus dem Fenster in diese prächtige Welt gesprungen bin. Die Schönheit hier scheint keine Grenzen zu haben. Umso mehr ich in die Tiefe des Gartens eindringe, umso kolossaler scheint er zu werden. Immer andersartige Formen entdecke ich, und ich bin mir sicher, dass ich nur mehr hier leben möchte. Es gibt nichts, was mich von hier vertreiben könnte.

Doch dann, mit einem Schlag, wird die makellose Schönheit dieser wunderbaren Ruhe abrupt gestört. Ein anderer, menschlicher oder zumindest menschenähnlicher Körper hat sich in das sonst so perfekt gemalte Bild gemischt. Ein andersartiges Wesen, das nicht zu mir spricht. Das fremdartige Geschöpf hat mich noch nicht entdeckt. Deshalb suche ich mir rasch ein uneinsehbares Plätzchen. Zwischen grünen Bäumen und bunten Sträuchern, kaum sichtbar und gut versteckt, gönne ich mir den Anblick, der sich mir bietet. Doch nicht mehr den Pflanzen gilt mein Augenmerk. Sondern vielmehr dem seltsamen, vollkommen nackten und mir vage vertrauten Wesen in Menschengestalt vor mir.

Ich kann nicht sagen, ob mich die eigenen Augen täuschen. Doch vor mir sehe ich das attraktivste Lebewesen, das ich je gesehen habe. Der Anblick sticht beinahe in meinen Augen. Das Geschöpf vor mir sieht fast genauso aus wie ich. Und doch ist es auf seine eigene Art und Weise anders.

Der feminine nackte Körper wird nur zum Teil bedeckt – vom feuerroten glänzenden Haar, das bis zu den Po-Backen hinunterfällt. Fein säuberlich ist es über den Rücken gekämmt worden. Die Haut blendet mich fast, so schneeweiß wirkt sie im Kontrast zum kräftig roten Haar. Vollkommen unberührt und ohne erkennbare Narben oder sonstige Makel schimmert die in grelles Licht getauchte, zarte Haut vor dem grünen Hintergrund der Wiesen und Sträucher ringsum.

Ihr ganzer Körper ist tatsächlich makellos und ohne Behaarung – selbst an ihrem Venushügel kann ich von meinem Versteck aus kein einziges Härchen erkennen. Ihre wohlgeformten Schamlippen schimmern feucht im Sonnenlicht. Im nächsten Moment dreht sie ihre faustgroßen, festen und wohlproportionierten Brüste gelassen in meine Richtung. Die Brustwarzen wirken steif und angeschwollen und scheinen die Einladung vermitteln zu wollen, mit der Zunge daran zu lecken.

Allmählich wendet sich auch ihr schöner schmaler Kopf in meine Richtung. Das Licht der Sonne wird von ihren großen grünen

Augen aufgesogen. Sie geben das Leuchten mit einem glänzenden Strahlen darin wieder an die Umgebung ab. Vom Schimmer in ihren Augen geblendet, merke ich erst spät, dass sie ihren Blick bereits direkt auf mich gerichtet hat.

Sie hat mich längst in meinem Versteck entdeckt. Jetzt sieht sie mir verführerisch in die Augen und bricht das Strahlen darin. Ihre vollen, roten Lippen strecken sich mir entgegen. Lippen, die nach einem ewigen Kuss von mir verlangen.

Von dem verzauberten Glanz des nackten Mädchens geblendet, von dem grellen Schein hinters Licht geführt, habe ich nicht sofort erkannt, dass mich das Wesen soeben angelacht hat. Von ihren blutroten Lippen fliegen nun Worte, die ich schon einmal zuvor gehört zu haben glaube:

SIEHST DU DAS LICHT?
ICH SEHE NICHTS.
ES BEGEHRT DICH NICHT!
ICH WEIß ES NICHT.
WAGST DU ES NOCH ANZUSTREBEN?
ICH WAG ES NICHT.
WIRD ES BEENDEN DEIN LEBEN?
ICH MAG DAS NICHT.

Ich kann diese Worte genau hören. Oder bin ich vielmehr fähig, sie von ihren Lippen zu lesen?

Ich bin mir nicht sicher. Obwohl alles wie in Zeitlupe vor sich geht, handelt es sich doch nur um einen Augenschlag, in dem sich diese Worte über mich ergießen.

Die Schatten haben durch das verführerische, nackte Wesen wieder zu mir gesprochen.

✳ ✳ ✳

[sUbjEkt_1.03x] – und dann bist du wieder erwacht. Du musst geträumt haben, nur so kannst du dir diese lebhaften und befremdlichen Bilder erklären.

Doch wo bist du aufgewacht?

Du findest dich in diesem Traum wieder – dem schrecklichen Albtraum von zuvor. Nach wie vor blind und regungslos an das Bett gefesselt, an einem Ort, den du nicht kennst. Du weißt immer noch nicht, wo du dich befindest – und du bist dir sicher, dass du niemals mehr zurückkehren möchtest, wenn du es jemals schaffst, von diesem Ort zu entkommen.

Sekunde um Sekunde – Stunde um Stunde vergeht schleppend, hier an diesem Ort. Du bist nicht in der Lage, die Zeit abzuschätzen, die du dich bereits hier befindest. Doch du bist dir sicher, dass es sich mindestens schon um mehrere Tage handeln muss.

Und wer hält dich überhaupt hier gefangen?

Wer gibt dir zu trinken?

Wer gibt dir zu essen oder verabreicht dir andere Nahrungsmittel und Nährstoffe?

Denn seit du hier bist, verspürst du weder Hunger noch Durst. Was dies anbelangt, scheint dein schlaffer Körper durchwegs genährt und ausreichend hydriert zu sein. Nicht den geringsten Appetit bemerkst du.

Ist es die *Lichtmahr:e* selbst, die dich hier in diesem dunklen Käfig gefangen hält?

[sUbjEkt_1.03x] – ein Schrei. Ein ohrenbetäubender Schrei, der abrupt und unerwartet durch die dich umgebende Dunkelheit schallt, bringt dich wieder zurück zu dir; und lässt den Traum verblassen.

Wo kommt dieser Ruf plötzlich her?

Wer hat ihn verursacht?

Es dauert einige Sekunden, bis du realisierst, dass nur du selbst der Verursacher dieses Schreis sein kannst. Hör auf zu schreien, sonst hört es dich noch. Die *Lichtmahr:e* in Gestalt des unschuldigen, nackten Mädchens.

Doch zu spät. Du hörst, wie eine Tür quietschend zur Seite geschoben wird. Dabei läuft es dir kalt den Rücken hinunter. Schweißperlen bilden sich auf deiner frostigen Stirn. Der Schweiß sickert dir aus allen Poren. Innerhalb von Sekunden bist du von deinen Ausdünstungen bedeckt.

Kalt, dir ist kalt. Dein feuchter Korpus und die eisige Luft, die dich gänzlich umgibt, lassen dich frieren. Eine Kälte, die dich nicht nur umhüllt, sondern auch durch die Atemwege in deinen geschwächten Körper dringt und ihn von innen gefrieren lässt.

Doch dann wird es gleich wieder still. Eine Stille, die dich vor blanker Angst noch mehr zum Frieren bringt.

Ist die *Lichtmahr:e* wieder verschwunden?

Hast du ihr Weggehen überhört, weil du in deinen eigenen Gedanken versunken warst?

Nein! Die abscheulich quietschende Tür kannst du nicht einfach überhört haben. Sie ist noch hier, und du hast Angst davor, dass sie deinen Gedanken gelauscht haben könnte.

Und du wirst von dieser Furcht nicht getäuscht. Dein persönlicher *Demon* ist noch hier. Hier bei dir, in diesem von Angst erfüllten Zimmer. Du bist nicht allein.

KLICK! – die *Lichtmahr:e* hat den Schalter umgelegt. Und das Licht ist angegangen – es muss eingeschaltet sein. Das Leuchten, vor dem du dich so sehr fürchtest.

An den Augenlidern kribbelt es. Du spürst die Strahlung auf ihnen, die allmählich immer wärmer wird. Die Lider presst du noch fester zusammen. Nur ein zweifelhafter und armseliger Versuch, um dem Licht, das in deine Augäpfel will, zu entgehen. Doch du weißt, dass du ihm nicht entkommen kannst.

Deine Augen beginnen nun zu schmerzen. Die Wärme erhitzt deine Lider und bohrt sich gemächlich durch, bis an die Iris heran. Du spürst, wie nun Tränen hervorquellen. Die salzige Flüssigkeit verdampft sofort mit einem Stechen auf deiner Haut, sobald sie aus den Augenwinkeln tritt. Die Qualen werden immer intensiver. Die *Lichtmahr:e*, in Gestalt des Schattens, ist nun dabei, dich zu foltern. Sie foltert dich mit dem Licht.

Noch ein Schrei löst sich aus deiner Kehle. Ein gewaltiger Schmerzensschrei, der dich befürchten lässt, dass er den Raum zum Einstürzen bringen könnte. Doch das tut er nicht – noch nicht.

Du wehrst dich, versuchst dagegen anzukämpfen, doch kein einziger Körperteil will deinen Befehlen gehorchen. Immer noch regungslos liegst du da und lässt diese Folter und die Angst davor, was jetzt ist und was womöglich noch kommen mag, über dich ergehen. Du weißt, was die *Lichtmahr:e* haben will, doch du möchtest es ihr nicht geben. Wenigstens nicht kampflos.

[sUbjEkt_1.03x] – von Sekunde zu Sekunde wird es immer entsetzlicher. Das Licht der *Lichtmahr:e* wird allmählich kolossaler und greller. An deinen Lidern bilden sich die verschiedensten Farbtöne in Rot und Gelb. Ein Flammenmeer, das in dich dringt. Es macht kaum mehr Sinn, sich dagegen zu wehren.

Die Wärme des Lichts hat sich durch deine Lider in die Augen gebohrt. Die Flüssigkeit darauf beginnt zu verdampfen. Grauer, feuchter Rauch kommt dir zwischen den Lidern hervor. Es ist zu spät, um noch zu gewinnen. Du hast den Kampf gegen die *Lichtmahr:e* einmal mehr verloren. Es ist nun an der Zeit, die Augen zu öffnen.

Du gibst der *Lichtmahr:e*, was sie verlangt – dein Augenlicht. Es wird ihr noch mehr Kraft und Stärke spenden. Du verweilst noch einen Augenblick, und dann gibst du ihr deine Augen frei und stürzt dich dabei hinab in das Verderben. Du siehst das Licht – so hell und grell – für einen kurzen Wimpernschlag. Es strahlt so betörend schön, dass du nicht mehr fähig bist, die Lider wieder zu schließen. Du genießt es bis zu dem Punkt, wo deine Augen allmählich und schmerzlos verglühen.

Die *Lichtmahr:e* hat nun bekommen, was sie längst haben wollte.

* * * *

Und dann liege ich wieder in einer sattgrünen, vertrauten Wiese. Die Sonnenstrahlen küssen sanft meine Wangen. Umgeben von den farbenprächtigen Blumenbeeten und den mächtigen, schattenspendenden Bäumen fühle ich mich geborgen – hier, in diesem Garten.

Alles scheint mir hier so intim und sorgenlos. Ja – hier will ich bleiben, bis zu dem Tag, an dem ich sterben muss.

Und dann huscht da wieder dieses Mädchen – mit den glänzenden feuerroten Haaren bis zum Po – an mir vorbei. Nackt, mit entblößter Scham, steht sie in der nächsten Sekunde vor mir. Mit einem betörenden Lächeln auf ihren roten Lippen sieht sie mich an, während sie mir den Blick zur Sonne verwehrt.

Sie streckt mir ihre Hand entgegen, reicht sie mir. Ohne zu zögern nehme ich sie, lasse mir beim Aufstehen helfen; ihre zarte Gestalt ist kräftiger als es scheint. Und dann gehe mit dem Mädchen mit – in Richtung Sonne.

Durch leeren Raum bricht ein Schein √
Lichtmensch
Das Feuer lässt alle Konturen verblassen √
Lichtmensch
Verglüht in alle Ewigkeit

Lichtmensch (2012) ©DER WEG EINER FREIHEIT

Sechs

KuunstLich(t) –

Licht & Dunkel: Folge IV

oder: Pterophoroiden

Ein Winter vor dem Jahre 2081
[sUbjEkt_1.04x]

[sUbjEkt_1.04x] – ein Wimpernschlag, nicht von dir beabsichtigt – durch einen unkontrollierten Gedanken von deinem Gehirn ausgelöst; und du bist wach. Zuckend löst sich das Lid ein zweites Mal von deinem Augapfel und du bist aufgewacht. Bewusst öffnest du nun beide Augen. Zuerst die Lider nur zur Hälfte. Schemenhaft vermutest du eine Dunkelheit, die dich umgibt. Denn du siehst nichts.

Nur Finsternis, in der du dich noch verbirgst, brennt sich mit ihrer kaum durchdringlichen Schwärze in dein Augenlicht, wo es bricht. Sie hat dich geweckt. Nach dem Schrecken, der dich in deiner Fantasie heimgesucht hat. Ein Traum, der jäh und dunkel über dich hereingefallen ist – mehr real als absurde Einbildung.

Aber jetzt bist du wach, zurück in deiner vertrauten, wirklichen Welt, welche eben kein Licht erhellt. Die Schwärze ist in diesem Zimmer eingefangen und findet nicht den Weg nach draußen. Doch du weißt, dass dich nur wenige Sekunden und minimale Bewegungen von der Erleuchtung trennen. Du brauchst einfach nur aufzustehen und den Schalter umzulegen, um den Stromkreis zu schließen.

Das künstliche Licht wird brennen und die schweren Rollläden vor den Fenstern werden hochgefahren. Die wärmende Sonne kann dann mit ihren gleißenden Strahlen, gefiltert durch das Panzerglas, in deine bescheidenen Räumlichkeiten dringen.

So einfach ist es, den Albträumen, die dich vor Minuten noch heimgesucht haben, zu entrinnen. Die Nacht ist dann vorüber

[sUbjEkt_1.04x] – umgeben von der Finsternis, findest du nicht auf Anhieb den Schalter für dein Licht. Deine Hände befühlen die Mauer, die sich auf der einen Seite des Bettes erstreckt. Sie ist rau, kalt und hart. Zentimeter um Zentimeter bewegt sich deine Handinnenseite an ihr entlang – doch der Schalter ist nicht mehr da.

{was zum Demon ist hier passiert}

Momentan noch gefasst und an den Gedanken gekrallt, dass alles in Ordnung ist, befühlst du noch einmal (etwas unruhiger) den Flecken Wand, an dem sich der kostbare Schalter befinden sollte. Doch er ist nicht mehr da.

{habe ich mich falsch herum ins Bett gelegt}

Ganz sachte hebst du jenes Bein an, das sich dichter an der Wand befinden sollte. Du steuerst es langsam der kalten Mauer entgegen, bis du den nackten Beton spürst. Zentimeter um Zentimeter tastest du mit deinen Zehen den unsichtbaren Untergrund ab, in der Hoffnung, dort den erlösenden Schalter zu finden. Doch vergebens. Auch hier findet sich kein Taster zu dem Licht. Du spürst nur die Kälte der Wand, die sich langsam über deine Zehen in die unzähligen Fuß-Knochen bohrt und dein Blut fast gefrieren lässt.

{zum Demon, was läuft hier falsch}

Du hast keine Ahnung, was hier vor sich gehen könnte. Gedankenverloren bleibst du liegen. Du willst es nicht mehr; denken, was es hier auf sich hat. Und trotzdem grübelst du über Alternativen nach.

{weiterschlafen}

Eine verlockende Option. Sich einfach nochmals umzudrehen und die Augen zu schließen. Am besten für Stunden oder gar Tage. Doch diese Unruhe in dir will nicht recht abklingen.

[sUbjEkt_1.04x] – und dann bist du doch noch einmal aufgewacht. Unkontrolliert warst du in den Schlaf gefallen. Deine Augen immer noch müde von den Träumen – erschöpft von diesem Albtraum. Zu intensiv war er für dich. Zuerst hat er dich geweckt, dir den Schlaf geraubt; und anschließend hat er dir die Kraft genommen. Da bist du einfach erneut in diesen komatösen Zustand gefallen.

Oder war es überhaupt ein Albtraum?

Vielleicht war es nicht einmal ein normaler Traum.

Befindest du dich noch in der realen Welt?

In deiner Realität?

Doch welche Realität mag die richtige, die wirkliche sein?

Wo bist du nun?

In einem Traum gefangen?

Verschleppt an einen anderen Ort?

Oder doch noch in deinem Apartment?

So viele Fragen und keine einzige Antwort.

sUbjEkt_1.04x] – noch einmal befühlst du mit deinen Händen die Mauern, die dich umgeben. Vorsichtig tastest du sie ab. Gleichzeitig fürchtest du dich: Vor einer großen, dunklen Gefahr, die im Beton auf dich lauern könnte. Einem schwarzen

Wesen, das du nicht siehst. Einer Silhouette, die du um dich fühlst, doch nicht berühren kannst, weil sie keinen Körper hat.

{die Schatten}

Es ist hier! Sie sind hier und warten auf dich. Sie haben dich gesucht, gefunden und werden dich gleich fangen. Du bist ihnen zu wertvoll, als dass sie dich entkommen ließen. Zu lange haben sie dich beobachtet, zu viel Zeit haben die *Alben* in dich investiert. Wochenlang – monatelang haben sie dich in deinen Träumen heimgesucht und gefoltert. Dich dadurch gefügig gemacht und deinen Willen gebrochen, ihn dir genommen. Die *Alben* haben dir die Albträume gebracht – sie sind der Albtraum.

Doch sie werden nicht persönlich bei dir erscheinen und dich mitnehmen. Sie lassen dich zu sich bringen. In wenigen Augenblicken schon wirst du eingefangen; sie wissen, wo du bist. Sie haben ihre Meisterin nach dir gesandt. Die *Lichtmahr:e* wird deine Bestimmung sein.

Du hörst ein Klicken, fühlst ein grelles Blitzen – nur für den Bruchteil einer Sekunde. Eine Flamme ist kurz angegangen, dann wieder erloschen. Sie ist nun hier bei dir, das Licht hält dich gefangen, als wärst du eine gebannte Federmotte. Und unbewusst vernimmst du ihr leises Lied:

ICH HABE ANGST VOR DIESER DUNKELHEIT!
HIER GIBT ES NICHTS, WAS MICH BEFREIT!
ICH FÜHLE MICH VERLOREN HIER IM SONNENLICHT!
ICH WILL, DASS ES NUN WIEDER BRICHT!

Die *Lichtmahr:e* hat gewagt, in dich vorzudringen, und dann einen Schalter umgelegt. Ein Licht ist angegangen, das du nicht sehen möchtest. Jedoch spürst du, dass es dich schon vollkommen umgibt. Eine steife Kälte, die dich dennoch sanft und auf bizarre Art wärmt.

[sUbjEkt_1.04x] – du drehst dich im Kreis. Beäugst den Raum, in dem du dich befindest. Doch zu deiner Verwunderung bist du an keinen anderen Ort verschwunden. Nach wie vor bist du hier in deinem Apartment, umgeben von dem, was du kennst. Doch etwas scheint hier andersartig zu sein. Alles ist erleuchtet, in einem ungewohnten Licht. Etwas hier drinnen ist neu und fremd. Nicht auf den ersten Blick erkennbar.

Die *Lichtmahr:e* ist wieder verschwunden, doch sie hat dir etwas dagelassen. Einen fremdartigen Leuchtkörper, der schwächelnd an der Decke schaukelt und dennoch sachte die Federmotten zu sich lockt.

Wie in Trance beobachtest du die Lampe, die nun wie ein Pendel schwingt. Von links nach rechts und dann von rechts nach links. Minutenlang bewegt sie sich im gleichen Rhythmus, ohne dabei müde zu werden oder an Schwungkraft zu verlieren. Als wolle sie dich hypnotisieren und in ihren Bann ziehen. Du kannst die Augen nicht mehr davon lassen. Wie eingefroren stehst du da, bewegungsunfähig, nur mit den Pupillen dem Gegenstand folgend, welcher von der Decke hängt und schwingt.

{eins und zwei und drei und vier und fünf und sechs und sieben und acht und neun und zehn und elf und zwölf und dreizehn .... und}

✳ ✳

[sUbjEkt_1.04x] – dein Körper fängt von neuem an, Kraft zu schöpfen.

{bin ich nun endlich tot}

{oder warum ist hier alles weiß um mich herum}

Du kommst wieder zu Bewusstsein. Doch du kannst deine Augen noch nicht öffnen. Sie sind zu schwer.

{doch warum sehe ich immer noch weißes Licht}

{sollte nicht alles schwarz sein}

{was macht mein Körper mit mir}

Nun beginnt dein Geist abermals zu realisieren. Die Augenlider heben sich nun wie von alleine. Doch dieses Mal sehen sie leider nicht in die wunderschönen grünen Augen der *Lichtmahr:e.*

{wo ist sie hin}

{hat sie mich verlassen}

Du liegst mit dem Kopf seitlich auf dem Boden. Du versuchst, ihn langsam zu heben. Doch das funktioniert nicht so einfach. Dein Kopf liegt in einer gelben, klebrigen Flüssigkeit, die stinkt. Dir wird sofort schlecht – kotzübel. Ein elendiger Geruch. Das muss wohl dein Erbrochenes sein.

{oh nein, ich liege in meiner eigenen Kotze}

Würde sich noch irgendetwas in deinem Magen befinden, hättest du gleich noch einmal erbrechen können. Du musst den Kopf verlagern. Doch er ist zu schwer – massig wie ein karger Felsbrocken.

Aber mit den Minuten, die verstreichen, kommt dein Körper mehr und mehr zu Kräften. Du kannst endlich den Kopf heben. Plötzlich sticht ein fürchterlicher Schmerz durch deine Knochen. Du hast dich mit der linken Hand ungeschickt abgestützt.

Du hebst den Kopf immer weiter an, bis auch der Rumpf ihm folgt. Bis du schließlich mit ausgestreckten Beinen und aufgerichtetem Oberkörper dasitzt. Du schleuderst den Kopf wild in sämtliche Richtungen (sodass es dir noch mehr Schmerzen verursacht), jedoch siehst du alles Weiß in Weiß. Aber dann siehst du in den Augenwinkeln kurz etwas aufflackern. Du drehst dich mit dem schmerzenden Körper in die entsprechende Richtung. Da! Da ist es wieder. Dort oben, nicht einmal zwei Meter über dir, scheint deine kleine Sonne. Diese schwache, flackernde Glühbirne vermittelt dir mittlerweile so eine Vertrautheit, dass sie dir fast anbetungswürdig erscheint.

Der Leuchtkörper schwirrt so dominant in und gleichzeitig über deinem Kopf herum, dass du schon in Gedanken anfängst, Verse über ihn zu verfassen. Dein Gehirn baut langsam ein Lied, ein Gedicht, eine Hymne über diese leuchtende Schönheit, welche dir die *Lichtmahr:e* hinterlassen hat:

KUUNSTLICH(T) – DEN SCHALTER UMGELEGT!
KUUNSTLICH(T) – DER STROM SICH IM KREIS BEWEGT!
KUUNSTLICH(T) – DER FADEN LEUCHTET GRELL!
KUUNSTLICH(T) – IM GLAS IST ALLES HELL!

[sUbjEkt_1.04x] – viele derartig absurde Verse gehen dir nun nacheinander durch den Kopf, über das seltsame Ding dort an der Decke. Es vermittelt dir irgendwie ein Gefühl von Heimat.
{Heimat}
{das kann doch nicht mein Ernst sein}
{das was ich gerade durchmache, hat rein gar nichts mit Heimat – wohlfühlen oder sonst etwas ähnlichem – zu tun}
{das hier ist alles andere als Heimat}
Dein Gehirn will dem Gedanken noch ein wenig weiter nachgehen, doch es reißt dich mit einem Mal aus diesen Fantasiegebilden. Deine Augen können sich nun doch von der Glühbirne

lösen und zeigen dir immer mehr Umrisse von dem Ort, an dem du dich gegenwärtig befindest.

Alles wird klarer, und du siehst wieder schattenhafte Wesen. Du befindest dich immer noch in einem weißen Gefängnis, in diesem Käfig eingesperrt. Doch etwas fehlt. Deine Augen huschen blind, aber behutsam umher. Dann siehst du endlich, wonach du Ausschau gehalten hast. Das *Schattenwesen* – dein zweites Licht in dieser Dunkelheit.

{mein Schatten ist da}

Die kleine Sonne hängt direkt über ihr. Da du so auf das künstliche Licht konzentriert warst, hast du gar nicht wahrgenommen, dass seine dürftige Flamme das *Schattenwesen* darunter „wärmt". Du hast schon befürchtet, dass sie verschwunden ist. Doch sie liegt zusammengekauert wie ein Embryo auf dem kalten Boden und schläft. Sie schlummert scheinbar friedlich, und hat dabei die Hälfte ihrer rechten Hand in der Mundhöhle stecken.

{sie schläft}

Du hast Angst; Panik macht sich in dir breit. Keine Bewegung ist zu erkennen.

{sie wird doch nicht tot sein}
{eingeschlafen für immer}
{dies kann doch nicht wahr sein}

Du beugst dich zu ihrem Kopf vor, um dein Ohr an ihren Mund zu halten.

{bitte atme}

Es dauert ein paar angsterfüllte Augenblicke lang, bis du endlich einen leichten Lufthauch vernimmst.

{sie atmet}
{sie lebt}

Dir fällt ein Stein, nein: eine ganze zerklüftete Felswand vom Herzen. Für einen kurzen Augenblick, einen kleinen Moment, bist du glücklich. Doch dieses Glück dauert nicht lange an. Sofort holt dich wieder die furchtbare Realität ein.

{ich will in meine alte, bekannte Melancholie zurückverfallen}
{soll ich sie wecken}
{nein}
{sie atmet doch}
{sie wird den Schlaf sicher brauchen}
{sie soll sich ausruhen}
{ich werde sie nicht wecken, sie soll schlafen}
[sUbjEkt_1.04x] – du bist mit deinen Gedanken wieder ganz allein. Du bist alleingelassen worden. Alleingelassen mit deinem eigenen Bewusstsein.

{oh Schreck}
{ich hasse meine Gedanken}
{ich will nicht mehr mit ihnen alleine sein}
{sie machen mir Angst}
{Angst vor allem}
{ich habe Angst}
{ich muss mich ablenken}
{ich brauche Ablenkung}
{aber wie}
Das *Schattenwesen* schläft und du kannst, du willst sie nicht wecken. Alle anderen Subjekte in diesem Käfig interessieren dich nicht. Sie sind dir vollkommen egal.

{sind sie das}
{ist überhaupt noch jemand hier}
{war jemals jemand anderes hier}
Du hebst deine Augen und blickst an die Decke. Konkret auf das, was dort in der Mitte hängt.

{meine Sonne}
Sie ist immer noch da; und gibt immer noch das gleichzeitig kalte und warme, sterbende Licht von sich. Aber sie baumelt nicht mehr. Sie hängt da einfach an der Decke und macht rein gar nichts, außer vielleicht, ein paar Federmotten anzulocken. Das einzige, was sie tut, ist zu leuchten. Und das kann sie auch

nicht wirklich besonders gut. Sie hängt einfach da und hängt und hängt und gibt ihr schreckliches, schönes, künstliches Licht von sich.

Das Leuchten fasziniert dich so sehr, dass dir selbst gar nicht bewusst wird, was es eigentlich mit dir anstellt. Das Licht bewirkt unterbewusst das Gegenteil in dir von dem, was es tatsächlich sollte.

Es ist sein Schein. Er macht dich krank. Er macht alle krank. Er spendet keine Wärme. Er fördert keine Behaglichkeit – keine Energie. Er schenkt auch kein Licht. Er gibt Kälte. Leblose, stille Kälte. Keine Wärme oder Helligkeit geht von diesem Schein aus. Sondern bloß klirrende Kälte und Verzweiflung.

{kalt, mir ist so kalt}

– stellst du allmählich fest. Du musst etwas dagegen tun.

{aber was}

Hättest du ausreichend Kraft, könntest du es vielleicht ändern.

{könnte ich das}

Aber dann würde dir jetzt ja gar nicht kalt sein. Du willst die Glühbirne verfluchen. Sie stundenlang anschreien und beschimpfen, da dich ihr Licht nicht wärmen kann. Kein einziger Strahl von ihr wärmt auch nur eine Zelle in deinem Körper.

{da mich ihr Licht nicht wärmen kann}

{was denke ich da}

In deiner Verwirrung schreist du (in Gedanken) einfach wild den Leuchtkörper an; deine kleine Sonne, deinen Lichtbringer.

{was ist mit mir passiert}

{ich rede mit einem Licht}

{ich rede mit einer künstlichen, von einer mit elektrischem Strom gespeisten Leuchteinheit ohne Psyche, ohne Empfinden}

Es ist etwas Totes, komplett Lebloses – und du versuchst, damit zu interagieren?

Wie konnte es nur soweit kommen?

Hat dein Gehirn aufgehört zu arbeiten; wie ein Uhrwerk, dessen Energiequelle abrupt erloschen ist?

Du kannst nicht mehr denken. Es ist einfach weg. Weit, weit weg von dir. Kilometerweit entfernt und nicht mehr aufzufinden. Verschwunden wie ein Regentropfen in einem See.

{Ablenkung, ich brauche Ablenkung}

[sUbjEkt_1.04x] – da ist sie wieder. Mühevoll lenkst du deine Augen zurück zu ihr. Dem *Schattenwesen*. Da liegt es immer noch, leblos wie ein kahler, kalter nackter Stein in einer Wüste. Nur ihre Hand ist ihr mittlerweile aus dem Mund gerutscht und legt ihre blaulackierten Fingernägel frei. Nicht einmal ein Sturm könnte diesen Stein auch nur einen Millimeter bewegen. Aber du solltest irgendetwas unternehmen.

{ich würde sie gerne wecken und etwas zu ihr sagen}

Auch, wenn es nur ein kurzes, einfaches Wort ist und du nur einen knappen, wortlosen Laut von ihr zurückbekommst.

Aber du findest nicht den Mut, die nötige Kraft dazu.

{oder will ich einfach nicht}

Schließlich schläft sie so ruhig, da willst du nicht ihren Schlaf stören.

{sie schläft ruhig}

Irgendwie hast du längere Zeit keine Notiz von ihr genommen.

{sie wird doch nicht zu atmen aufgehört haben}

Du solltest nachsehen. Du beugst deinen Kopf über ihren und legst dein Ohr über ihre betörenden, blutroten Lippen. Du lauschst ganz genau. In ihrem Körper ist Bewegung. Eine ganz sanfte, kaum merkliche Bewegung.

{sie atmet noch}

{sie lebt noch}

Dann spürst du etwas an deinem Ohr.

{oh nein}

Du musst den Kopf zu weit hinuntergebeugt haben. Du Idiot!

{aber ich habe mich doch gar nicht bewegt}

{was ist passiert}

Du spürst einen sanften Lufthauch. Aber es ist nicht die Luft im Raum, die von unbekannten Winden aufgewirbelt wird. Der leichte Windhauch kommt vom *Schattenwesen*. Sie atmet nun kräftiger.

Du hebst deinen Kopf weiter an. Du richtest ihn gemeinsam mit dem Oberkörper auf, bis du senkrecht kniest. Du siehst das *Schattenwesen* genau an. Sie bewegt sich – sie versucht zumindest, ihre Lippen zu bewegen. Ihr Mund öffnet sich im Zeitlupentempo, Millimeter um Millimeter. Du vernimmst einen Laut, ein undefinierbares Geräusch. Es kann alles, aber auch nichts bedeuten.

{ist es ein leichtes Stöhnen, ein sanfter Seufzer}

Es ist nicht definierbar. Ihre Lippen bewegen sich immer noch – auseinander.

Und mit einem Male gewinnt die langsame Bewegung an Geschwindigkeit. Wie aus einem Maschinengewehr geschossen vernimmst du nun folgende scharfe Worte von den plötzlich unaufhaltsam pulsierenden Lippen:

ICH HABE ANGST VOR DIESER DUNKELHEIT!
HIER GIBT ES NICHTS, WAS MICH BEFREIT!
ICH FÜHLE MICH VERLOREN HIER IM SONNENLICHT!
ICH WILL, DASS ES NUN WIEDER BRICHT!

[sUbjEkt_1.04x] – du bist nur kurz weggenickt.

{ich hoffe, es waren nur ein paar Minuten}

Doch als du die Lider wieder öffnen willst, siehst du nichts. Da ist immer noch dieser schneeweiße, leere, sterile Raum. Auch dein kleines, kränkliches Licht hängt noch verloren von der Decke. Es ist alles noch da. Bis auf ein wichtiges Detail. Der Raum ist leer.

{wie lange habe ich geschlafen}

Die anderen schattenhaften Subjekte, die sich mit dir vermutlich in diesem Käfig befunden haben, sind verschwunden. Die Schatten sind weg. Auch das rothaarige *Schattenwesen*, welches noch kurz zuvor ihr schreckliches Lied in dein Ohr geflüstert hat.

✳ ✳ ✳

{eins und zwei und drei und vier und fünf und sechs und sieben und acht und neun und zehn und elf und zwölf und dreizehn ... und ...}

[sUbjEkt_1.04x] – und dann bist du schlagartig aufgewacht. Der wohlige Traum ist zum Albtraum geworden. Ein Traum, den du niemals träumen wolltest. Etwas zaghaft hebst du deine rechte Hand. Durch die plötzliche Bewegung löst sich ein stechender Schmerz, der sich unbehelligt durch das Fleisch bohrt. Trotzdem schaffst du es, deine Stirn zu befühlen.

Sie ist feucht, fast schon nass. Unmengen an Schweißperlen erfühlst du auf deinem Kopf. Hautausdünstungen, die dir langsam in die Augen rinnen und dort ein Brennen verursachen. Du wischst dir mit der flachen Hand über die Stirn – ein Fehler, denn damit beförderst du dir selbst noch mehr von dem salzig beißenden Schweiß in die Augen.

Ein Schrei, den du loslassen willst, verstummt auf halber Strecke und bleibt dir in der Kehle stecken. Den Mund geöffnet, die Muskeln angespannt, beförderst du nur einen stummen Schrei in die undurchdringliche Schwärze, die dich umgibt.

{diese Stille hier}
Du sehnst dich zurück in deinen Traum – nicht zum Ende, sondern zum Anfang, wo du das *Schattenwesen* trafst; zu dem Moment, wo es zärtlich und gütig zu dir war. Wo der Schatten dir

das warmherzige Licht geschenkt hat und sich um dich kümmerte.

Stattdessen bist du wieder hier zurück, in diesem dunklen Zimmer, welches einem Käfig gleicht und dich gefangen hält. Gefesselt im eigenen Albtraum. Allmählich beginnst du, an deinen Gedanken zu zweifeln. Du bist dir nicht mehr im Klaren darüber, in welcher Welt du dich zurzeit befindest. Was real ist, und was der Phantasie entsprungen ist.

Bist du momentan in einem Traum oder lebst du jetzt in der Wirklichkeit?

Ist es möglich, dass du immer noch schläfst und träumst?

Dass du aus einem Albtraum aufgewacht bist, den du in einem anderen Traum geträumt hast?

Du scheinst in deiner eigenen Traumwelt gefangen zu sein. Albträume, die andere Albträume jagen und dich dafür benutzen.

{was ist Wirklichkeit}
{was ist Traum}
{was bin ich}

[sUbjEkt_1.04x] – der Schweiß, der wieder verstärkt in deinen Augenhöhlen brennt, reißt dich aus den Gedanken. Du reibst dir die Augen, in der Hoffnung, dass die unangenehme Flüssigkeit verschwindet und dadurch auch der Schmerz. Und es hilft auch – ein wenig.

Mit klarem Kopf versuchst du, nachzudenken, zu realisieren, in welcher Welt du dich jetzt befindest. Und solltest du in einer Scheinwelt sein – wer könnte dich hierher gebracht haben?.

{das Schattenwesen – die Alben}
Ja, eine von ihnen oder sie alle zusammen müssen schuld an deinem Leid sein.

{das Schattenwesen gehört doch zu ihnen}
{sie ist eines von ihnen – den Schatten – den Alben}

{sie ist die Lichtmahr:e}

Du schaust dich um in deiner Dunkelheit. Versuchst, etwas zu erkennen. Die Augen zusammengekniffen, entdeckst du im ersten Moment nichts. Doch dann – zuerst vollkommen unscheinbar, siehst du kurz etwas aufblitzen.

Ein schwacher Funke sucht sich seinen Weg durch die Dunkelheit und steuert geradewegs auf dich zu.

Es ist wiedererwacht. Das kleine künstliche Licht, welches dich durch den Traum geleitet hat. Der stumme Freund, der nicht von deiner Seite gewichen ist und dir die Hoffnung geschenkt hat. Ein Schein, der den Schatten sichtbar gemacht hat und ihn dennoch überstrahlen konnte.

[sUbjEkt_1.o4x] – doch etwas scheint hier nicht zu stimmen, Unbehagen macht sich in dir breit. Eine Kleinigkeit ist anders, hier hat sich etwas verändert.

{aber was}

Alles ist gleich. Haargenau wie die unzähligen Augenblicke zuvor. Und doch ist da dieses Gefühl.

{es ist nur ein Gefühl}

{oder täusche ich mich}

Welch unnötiger Gedanke. Nein, hier stimmt etwas nicht. Nur ein winziges Detail, vermutlich gar nicht von Bedeutung. Doch es bereitet dir Unbehagen. Und obwohl dir in den letzten Stunden und Tagen so viel Obskures widerfahren ist, scheint diese Winzigkeit gewichtig zu sein. Dennoch kannst du nicht sagen, was es ist.

Mehr aus Ratlosigkeit als wirklich gewollt schließt du kurz deine Augen. Erstaunt stellst du fest, dass diesmal der Schweiß keinen Schmerz verursacht. Sofort öffnest du sie wieder, ohne nennenswerte Anstrengung. Allerdings ist das Bild, das du nun vor dir siehst, schwer verschwommen. Nur schemenhaft kannst du dir deine Umgebung ausmalen, die nahezu nach jedem Wimpernschlag etwas anderes darzustellen scheint und trotzdem gleich bleibt. Bis auf dieses eine Detail, welches dir nicht in den Sinn kommen will.

Der Schweiß auf deiner Stirn ist wieder feuchter geworden, und eine einzelne Schweißperle bahnt sich ihren Weg genau zwischen den Augen, über das Nasenbein bis an die Nasenspitze, wo sie nicht mehr weiter kann. Noch mehr Perlen lösen sich und gleiten sanft den wartenden Tropfen an der Nasenspitze entgegen, wo sie, immer größer werdend, miteinander verschmelzen. Bis sie zusammen so schwer sind, dass sie sich von dir lösen und der Glühbirne über dir entgegenschweben.

{der Glühbirne über mir}

{seit wann können Schweißtropfen fliegen}

[sUbjEkt_1.04x] – ein erneuter Wimpernschlag, und du siehst die Welt vor dir nun klarer werden. Eine Welt, die nur aus diesem kleinen, finsteren Käfig besteht, welcher dich in sich gefangen hält. Und da ist es wieder, das winzige Detail. Jenes, das nicht in dein Gefängnis passt. Es wird von Sekunde zu Sekunde deutlicher.

{der Tropfen, der gen Himmel fällt}

Du hast den Satz noch nicht einmal in Gedanken fertig ausgesprochen, da wird dir seine Bedeutung blitzartig bewusst. So sehr, dass du beinahe in einen Schockzustand verfällst.

{DER TROPFEN, DER GEN HIMMEL FÄLLT}

Wie kann es möglich sein, dass sich eine Flüssigkeit entgegen der Schwerkraft wirkend nach oben bewegt?

Wie kann überhaupt irgendetwas nach oben fallen?

Hier in diesem Raum, in dieser schrecklichen Welt?

{ein Traum}

{ein Albtraum}

{oder doch die grauenhafte Wirklichkeit}

Du weißt es nicht. Ein Wimpernschlag; ein erneuter Versuch, das unwirkliche Bild vor dir etwas schärfer zu stellen, um besser sehen zu können. Es funktioniert. Langsam registrierst du, was hier geschehen ist; was in diesem Moment passiert.

Erinnerungen kommen zum Vorschein. Erinnerungen, die nur wenige Augenblicke in der Vergangenheit zurückliegen. Aspekte, von denen du nicht weißt, ob sie so geschehen sind oder ob du sie nur geträumt hast.

Und bereits im nächsten Augenblick fühlst du dich zurück in die Wirklichkeit katapultiert; der graue Schimmer auf deinen Pupillen hat sich aufgelöst. Jetzt siehst du klar, und auch die Synapsen sind nun von den schattenhaften Widerständen befreit.

{ich kann sehen}
{ich kann denken}
{ich erkenne den Zusammenhang}

Wie von Geisterhand festgehalten, liegst du immer noch im Bett. Gefesselt von unsichtbaren Bändern; nur die Striemen auf deiner Haut zeugen von ihrer Existenz. Ein neuer Schweißtropfen, der sich von der Nasenspitze löst und direkt in Richtung der Glühbirne fällt. Ja, er fällt dem Leuchtkörper unter dir entgegen.

Der Raum hat sich gedreht. Nicht das kleine Licht hängt über dir, sondern du, mitsamt deiner Schlafstätte, schwebst über ihr, an der Decke. Du kannst es dir nicht erklären, doch alles steht hier und jetzt auf dem Kopf, und gleichzeitig fühlt es sich so realistisch an – so surreal es auch scheinen mag.

Mit einem Mal hast du es begriffen.

Für einen kurzen Moment blinzelst du, siehst du, wie der Tropfen auf die Lampe trifft. Weder ein zu erwartendes Zischen ist zu vernehmen noch das zugehörige Geräusch, das entstehen sollte, wenn Wasser auf eine heiße Oberfläche trifft und dabei verdampft. Denn der Tropfen hat sich nicht an der Glühbirne verflüchtigt, sondern ist einfach abgeperlt und gleitet mit der Schwerkraft dem Gehäuse entgegen.

Das kleine Lichtlein mag zwar leuchten, doch ist es von so

geringer Kraft, dass es nicht einmal heiß genug wird, um einer alltäglichen Flüssigkeit auch nur ein einziges Molekül zu entziehen. Ungehindert wie ein freier Regentropfen hat sich das Tröpflein seinen weiteren Weg gesucht.

{was für ein erbärmliches Exemplar von einem Beleuchtungskörper}

KLICK! – und plötzlich hat sich ein Schalter umgelegt. Die schwächelnde Flamme im Glasgehäuse wird mit einem Mal neu entfacht. Der dünne Draht glüht jetzt mit der zehnfachen Intensität als noch Sekunden zuvor. Ein grelles Licht, das dich dermaßen blendet, dass du die Augen zukneifen musst. Die neugewonnene Leuchtkraft dieses eben noch von dir geringgeschätzten Objekts brennt dir nun nicht nur in den Augen, sondern auch auf der Haut.

{doch wer hat dieses Licht angemacht}

Vorsichtig hebst du die Lider, nur, um sie sofort wieder zu schließen, nachdem du realisiert hast, was du soeben gesehen hast.

{das Schattenwesen}

{die Lichtmahr:e}

{und eine Handvoll Federmotten}

Ja, das schlanke, feuerrothaarige Wesen selbst hat nach dem Schalter gegriffen und ihn um eine Stufe höher gedreht. Denn erst jetzt erkennst du, dass es sich um keine einfache AN- und AUS-Funktion handelt, sondern um eine Dreheinrichtung, die mehrstufig verstellt werden kann. Und die *Lichtmahr:e* hat diesen soeben auf Stufe ZWEI gesetzt. Lautlos, doch mit schelmischem Grinsen auf den blutroten Lippen.

KLICK! – der Drehschalter zwischen den zarten Fingern mit den blaulackierten Nägeln hat sich nun um eine Position weitergedreht.

Stufe DREI brennt hundertfach auf deinem Gesicht und

lässt dich dabei aus allen Poren schwitzen. Als würde sich die erwachte Hitzequelle nur wenige Millimeter vor deinem Kopf befinden. Die Augen hältst du fest geschlossen, denn du fürchtest, dass dieses intensive Licht die Flüssigkeit in den Augäpfeln zum Kochen bringen kann. Du wagst es nicht, die Lider erneut zu öffnen.

KLICK! – und der Zeiger hat sich auf Stufe VIER bewegt. Tausendfach wirksamer als zuvor erstrahlt nun das – kurz zuvor noch so töricht als schwaches Lichtlein vollkommen unterschätzte – Schmerzenslicht. Begleitet von einem höhnischen und gleichzeitig vor Glückseligkeit strotzendem Lachen der *Lichtmahr:e.*

Noch weniger willst du es jetzt wagen, deine Augen zu öffnen. Vor den verschlossenen Lidern scheinen Flammen zu tanzen. Deine Wangen beginnen regelrecht zu glühen; deine Stirn saugt die dich umgebende Hitze vollkommen auf. Schlagartig nimmst du außerdem den typischen Geruch von verbranntem Haar wahr. Und dazu spürst du, wie sich weiterhin Schweißperlen an deiner Haut zu bilden versuchen.

Molekül um Molekül bahnt sich seinen Weg an deine Nasenspitze, um zu einem Teil des stetig wachsenden Tropfens zu werden. Immer schwerer wird der kollektive Tropfen, bis er schließlich genug Flüssigkeit in sich aufgenommen hat, um der Schwerkraft zu erliegen und Richtung Boden – nein: Richtung Decke! Oder? – zu fallen. Direkt der weißlich glühenden Glühbirne entgegen. Zentimeter um Zentimeter, als würde er sich im Zeitraffer bewegen.

KLICK! – und das infame Wesen hat den Schalter gegen seinen Endpunkt gedreht. Die höchste Stufe FÜNF leuchtet nun, nein, sie glüht! Sie glüht mit einer zehntausendfachen Effizienz, die du ihr noch vor Minuten niemals zugetraut hättest.

{doch was ist hier schon normal}

Der gesamte Käfig muss wohl glühen; vielmehr lichterloh in Flammen stehen. Eine unerträgliche Hitze breitet sich innerhalb von Millisekunden aus. So siedend heiß, dass deine Pupillen beginnen, mit den Innenseiten deiner Lider zu verschmelzen. Die Lippen platzen einfach auf; begleitet von einem entsetzlichen Schmerz.

Zum letzten Mal willst du deine Augen doch noch öffnen, um zu sehen, um zu verstehen, was rund um dich geschieht.

{ist es dafür nicht schon zu spät}

Geblendet von all dem Licht um dich siehst du jedoch nichts. Nur Leere, bis auf einen letzten Tropfen Schweiß, der dir gerade zuvor von der Nase gefallen ist. Du beäugst ihn nicht direkt, du hast ihn bloß erkannt, als sich das letzte Nass in deinen Augen widergespiegelt hat. Mehr ein Schatten und nur schemenhaft zu erahnen. Wie eine Sternschnuppe mit durch die verdampfenden Moleküle erzeugtem Schweif zischt er seiner auserkorenen Sonne entgegen.

Deine Lider sind verbrannt. Und so wirst du nun bis zum letzten Moment ewig sehen, bevor auch deine Augen sich aufzulösen beginnen.

Ungehindert und stetig kleiner werdend steuert der Tropfen dem Lichtschein entgegen. Bis nur noch – allem Anschein nach – ein minimaler Haufen an Wasserteilchen zusammenhängt. Ein Gebilde, welches nicht verdampfen will.

Und so passiert es, dass dieser winzige kalte Tropfen direkt auf die stark glühende Oberfläche der Glühbirne trifft.

UND DIE WELT UM DICH IMPLODIERT.

KLICK! - DAS **L**ICHT IST ANGEGANGEN!
KLICK! - ICH FÜHL MICH HIER GEFANGEN!
KLICK! - DAS **L**ICHT IST JETZT ERLOSCHEN!
KLICK! - DU FÜHLST DICH HIER VERDROSSEN!
KLICK! - DAS **L**ICHT IST WIEDER ANGEFACHT!
KLICK! - DER **S**CHMERZ DIR NUN ENTGEGENLACHT!

[sUbjEkt_1.04x] √ die *Lichtm ahr:e* hat dir zum letzten Mal ihr Lied gesungen. Allmählich ist alles verstummt, alles verglüht; und alle Federmotten sind davongeflogen. Letztendlich siehst du das Licht, bis es endgültig in dir erlischt. Für ewig entrissen von dem zarten, schattenhaften Wesen, welches du glaubst, schon einmal zuvor gesehen zu haben.

Das mag sein. Aber nicht hier, nicht in dieser Welt. In einer anderen, deiner gewohnten Welt. Ein dir vertrautes Gesicht, das du in diesem kurzen Augenblick doch nicht mehr erkennst.

You call it home, I call it isolation.
You call it love, I call it a prison of mirrors.
You call it security, I call it last respite.
You call it life, I call it Dystopia.

Drown in my Nihilism (2012) ©HARAKIRI FOR THE SKY

SIEBEN

FELICITY KRIS –

SVARTÁLFAHEIMR: DRITTER AKT

ODER METAMORPHOSE

Da war sie wieder, diese Stille. Nein, vielmehr diese stillen Schatten. Sie haben angefangen, mich erneut zu beobachten, mich zu verfolgen. Und das, obwohl sie mich bereits vor langer Zeit freigelassen haben. Mit einem Mal sind sie damals aus meinem Kopf verschwunden. Einfach so.

In einer unbedeutenden, alltäglichen Nacht wie die unzähligen zuvor. Doch seit jenem Augenblick habe ich diese stummen Schatten nicht mehr gespürt und nicht mehr gehört. Sie waren weg.

Verschwunden, bis zu dieser einen Nacht vor ein paar Wochen, wo sie blitzartig und ohne Vorwarnung zurückgekommen sind. Schleichend haben sie sich in meinen Kopf gebohrt, versucht, sich darin auf lange Zeit einzunisten und mich ihnen gefügig zu machen. Und das ist ihnen auch gelungen. Ich konnte keinerlei Widerstand leisten.

Denn mit den Schatten sind auch die Träume gekommen. Die Albträume, die davon handeln, dass ich in einer dunklen, feuchten Zelle gefangen bin, werden von den *Alben,*, wie ich diese Schatten benannt habe, ausgelöst und gesteuert. Immer weniger erholsamen Schlaf finde ich dadurch in den Nächten. Sie foltern mich damit, denn sie wollen, dass ich ihnen wieder gehorche.

Doch das will ich nicht zulassen – nicht mehr!

Mein Leben hier muss endlich einen vernünftigen Lauf nehmen. Mein Leben muss beginnen können. Das hier soll ein Neuanfang werden, hier in dieser frischen, aufstrebenden *KOLON!E* im hohen Norden. Weit weg von der alten, tristen Umgebung, in der ich meine früheren Lebensjahre verbracht habe, und wo mich die Schatten regelmäßig heimgesucht haben. Ich habe sie verlassen, bin vor ihnen geflohen. Aber sie scheinen mir gefolgt zu sein und haben mich jetzt auch wieder gefunden. Doch ich kann die *Alben* hier nicht gebrauchen.

Und dann plötzlich, als die Behandlung fast ihr Ende erreicht hatte, ist sie einfach aufgewacht. Knapp vor dem Höhepunkt, der sie endgültig zerschmettern sollte, hat sie ihre Augen geöffnet. Mitten im Albtraum. Mitten in dem von mir selbstgeschaffenen Albtraum, in welchen ich sie versetzt hatte.

[sUbjEkt_1.04x] hat mich wahrgenommen. Und so wie sie dabei gezuckt hat, vor Überraschung oder auch Angst, bin ich mir nicht sicher, ob sie mich nicht erkannt hat. Für einen kurzen Augenblick musste sie mich deutlich gesehen haben.

Doch weiß sie auch, wer ich bin und was ich bin?

Weiß sie nun über mich Bescheid?

Ich bin mir nicht sicher, ob meine Behandlung vollständig gewirkt hat, oder ob das frühzeitige Erwachen nicht doch alles zunichtegemacht hat. Den künstlichen Albtraum konnte sie noch nicht zu Ende geträumt haben. Ich denke, dass mir ihre Augen und ihr verzweifelndes Licht darin doch abhandengekommen sind. Womöglich habe ich sie und ihr wertvolles Licht sogar endgültig verloren. Ein fünftes Mal wird es (so glaube ich zumindest) nicht mehr funktionieren. Die Federmotten werden nicht mehr zurückkehren.

Möglicherweise hat [sUbjEkt_1.04x] nun doch die Anleitung gefunden, um die Bausteine zusammensetzen zu können. Mit Sicherheit könnte sie in meinem Gesicht das letzte Puzzleteil aufgedeckt haben und beginnt jetzt, in diesem Augenblick, mit dem Sortieren der Teile, damit sie es, eins nach dem anderen, zusammenfügen kann.

Habe ich jetzt uns beide in Gefahr gebracht?

Habe ich mich in Gefahr gebracht?

Hat sich des Rätsels Lösung nun in ihrem Gehirn einge-pflanzt?

Doch bevor ich die ganzen Konsequenzen der *KOLON!E* zu spüren bekomme, werde ich sie opfern. Ich werde es müssen. Das ist zwar ein hoher Preis, doch andernfalls werde ich meine Festnahme nicht verhindern können.

Auf keinen Fall will ich in die Hände von einem dieser nutz-losen *Beschützer** kommen. Von so einem an den Staat ausge-liefert zu werden, wäre eine unvorstellbare, niederträchtige Demütigung für mich.

Ich beobachte *[sUbjEkt_1.04x]* noch eine Weile von meinem Observierungszimmer aus – nach meiner Flucht aus ihrer Zel-le, nachdem ich abrupt und unerwartet das Weiße in ihren Au-gen gesehen hatte; hinter ihren geöffneten Lidern, obwohl sie immer noch und über mehrere Stunden hinweg hätten ver-schlossen sein müssen.

Sie scheint wieder eingeschlafen zu sein. Zumindest hat sie sich nicht mehr bewegt, und das seit dem unvorhergesehenen Zeitpunkt, wo ich gezwungen war, die Behandlung abzubre-chen. Und das ist bereits vor über dreißig langen Minuten ge-schehen.

Nicht einmal ein leichtes Zucken konnte ich seitdem ver-nehmen.

Sie wird doch wohl noch atmen?

Tut sie das?

Ich hoffe es. Ich könnte es nicht ertragen, sie so zu verlie-ren. Das würde ich psychisch nicht aushalten. Das weiß ich ge-nau.

Denn ich habe sie schon einmal verloren. Zumindest beina-he. Damals, vor langer Zeit, als ich sie mir frisch geholt und ihr den Namen *[sUbjEkt_1.01x]* gegeben hatte. In jener Zeit war sie meine Auserwählte. Der Schlüssel zu meinem kaum durchdachten Vorhaben. Nur sie hatte die besten Voraussetzungen dafür – für alles.

[sUbjEkt_1.01x] war dem Tod schon sehr nahe. So dicht daran, dass ich sie bereits aufgegeben hatte und mir absolut sicher war, dass sie nicht mehr lebte. Sie hat sich einfach nicht mehr gerührt. Auch nachdem ich sie ein paarmal unsanft getreten hatte. Es könnten etwas zu viele und etwas zu harte Tritte gewesen sein. Doch zu meiner Verteidigung muss ich sagen, dass sie zu dem Zeitpunkt auch längst nicht mehr geatmet hatte.

Zum Glück war ich damals, als ich ihren vermeintlichen Tod feststellte, zu niedergeschlagen und zu enttäuscht, um sie auf der Stelle zu entsorgen. Ich habe sie einfach liegengelassen und mit beinahe feuchten Augen wütend ihre Zelle verlassen. Ich musste damals einfach schleunigst weg von dort – musste fliehen von diesem erdrückenden Ort.

Ich kann mir bis heute nicht erklären, wie und warum sie dann doch überlebt hat; oder zu neuem Leben erwacht ist. Sie muss tot gewesen sein. Ich bin mir ganz sicher.

Das einzige, das mir als Begründung dafür noch am wahrscheinlichsten in den Sinn kommen würde, wäre, dass meine Tritte in ihren Brustbereich als brutale, doch zweckmäßige Herzmassage gewirkt haben könnten. Dass dadurch ihr Herz wieder angefangen hatte, zu schlagen; und sie hierbei wiederum Sauerstoff zugefügt bekam und in Folge ihre Atmung schleppend wieder einsetzte. Und als ich weg war, ist sie wohl wieder zu sich gekommen, und hat innerlich beschlossen, weiterzuleben – am Leben zu bleiben.

Selbst diese, für mich noch am ehesten glaubwürdige Theorie scheint mir zwar sehr weit hergeholt zu sein. Doch andererseits: Sie lebte wieder. Sie lebt immer noch. Und das war und ist mir das Wichtigste.

Als ich dann damals, Stunden später, wieder in ihre Zelle zurückkam, lag sie zwar immer noch am Boden. Doch ich sah, dass sich ihr Brustkorb leicht bewegte; dass sie atmete. Vorsichtig näherte ich mich ihr und kniete mich zu dem schwächelnden Körper am Fußboden hin. Die Augen waren geschlossen, doch das Atmen konnte ich nun deutlich sehen und spüren, das Röcheln deutlich hören.

Sie war am Leben.

Da der Körper doch so klein und zerbrechlich und dadurch nicht schwer von Gewicht war, hob ich ihn sanft hoch und legte ihn über meine Schulter.

Zum Glück hatte ich dort unten in den Kellern auch noch ein helles, eher freundliches und direkt komfortables Zimmer in einer der Zellen eingerichtet. Mit weiß gestrichenen Wänden und einem bequemen weichen Bett mit Laken und Decken. Mit einem warmen Licht an der Decke und sogar ausgestattet mit Waschbecken und Toilette, die obendrein beide von fließendem Wasser versorgt wurden.

Eigentlich war dieser Luxus hier unten für mich gedacht gewesen, falls ich einmal eine längere Zeit hier, versteckt bei meinen Schützlingen, verbringen wollte. Doch für das mir aus irgendeinem Grund besonders wichtige Subjekt an der Schwelle zum Tod kam es mir gerade recht, denn ich wollte es nicht verlieren.

Dementsprechend bettete ich die schlafende Wiederauferstandene auf der geschmeidigen Matratze, auf der ich selbst noch nie zuvor geschlafen hatte, und deckte sie regelrecht sanft zu. Benommen und abwesend wie sie war, kam es mir so vor, als würde ich mit einer lebensgroßen Puppe hantieren. So leblos war sie; mit Ausnahme der langsam stärker und stärker werdenden Atmung.

Als sie endlich stabil dalag, versuchte ich, ihr H_2O einzuflößen. Es gelang mir mehr oder weniger gut, denn das meiste lief einfach wieder aus ihrer Mundhöhle heraus oder gleich daran vorbei. Doch einige Tropfen schien sie in sich zu behalten und zu schlucken.

So päppelte ich das Subjekt über Tage hinweg wieder auf, bis sie, zum Glück in meiner Abwesenheit, endlich wieder die Augen öffnete. Und so schnell nicht mehr schließen sollte.

Eines Nachts, als sie tief und fest schlief, verfrachtete ich sie darum wieder in eine der kalten, trostlosen Zellen mit vergitterter Tür. Sie hatte nun genug Kraft gesammelt und war meiner Meinung nach bereit für neue Abenteuer. Bereit für neue Spiele.

[sUbjEkt_1.02x] war nun neu geboren.

Dieses Gesicht, das ich eben gesehen habe, erinnert mich an jemanden, den ich zu kennen glaube. Nur für einen kurzen Augenblick konnte ich es sehen und dazu noch stark verschwommen; von einem hellgrauen Nebelschleier umgeben.

Einen Wimpernschlag lang war ich in die wirkliche Welt zurückgekehrt. Aus diesem schmerzhaften, grausamen Albtraum erwacht. So schweißgebadet, dass ich aufgrund meiner durchnässten Kleidung zu frösteln begonnen hatte.

Oder bin ich doch nur kurz aus der furchterregenden Wirklichkeit in einen Sekundentraum geflüchtet, der mir dieses Gesicht gezeigt hat?

Ein Antlitz, das so fremd wirkt, und das ich doch von irgendwoher kenne.

Doch ich bin mir ziemlich sicher, dass mir mein *Schattenwesen* erschienen ist. Es hat mich für einen kurzen Augenblick aus dem Albtraum der *Lichtmahr:e* geholt.

Doch warum?

Und dennoch gehört das Gesicht noch jemand anderem.

Doch wem?

Diese grünen Augen sind mir so bekannt, ich habe sie schon des Öfteren gesehen. Diese Augen sind einzigartig.

Doch wem gehören sie in der Wirklichkeit?

Der Albtraum scheint vorüber. Langsam erwache ich und komme zu mir. Werde munter in einem beengten weißen Zimmer, das wie ein Gefängnis auf mich wirkt. Es ist ja auch nicht größer als eine Zelle. Und es kommt mir so bekannt vor. Ja, sogar sehr vertraut. Vor allem, dass der Raum von einer kleinen und kümmerlichen, von Motten befallenen Glühbirne so hell erleuchtet wird, finde ich sehr seltsam.

Ich kenne diesen Raum. Ich war früher schon mal hier. Und das nicht nur einmal, sondern zweifelsohne öfters. Im wahren Leben genauso wie in meinen furchterregenden Albträumen.

In dieser Zelle haben sie zu mir gesprochen. Hier haben mir die fremden und doch vertrauten Stimmen immer wieder ihre Forderungen ins Ohr geflüstert.

{die Schatten}
{die Stimmen}
{die Alben}

Hier haben sie ihre bösartigen Schatten über meinen Verstand gelegt. Wie Parasiten haben sich in diesem Käfig ihre Stimmen in meinem Kopf eingenistet. Und in diesem Augenblick scheinen sie wieder aus ihrem Schlaf zu erwachen, um mit mir zu spielen, und mir dadurch erneut zu schaden – und das heftiger, als je zuvor.

Ich spüre längst, wie sie sich allmählich in meinen Synapsen verkrallen und sich in meine Nervenbahnen beißen, um durch sie ihr schreckliches Gift in meinen Körper injizieren zu können. So, dass ich ihnen nur noch gehorchen kann; dass ich es muss.

Ein solcher Parasit ist die *Lichtmahr:e.*

Mein ganzer Körper zittert jetzt vor Angst. So intensiv, dass es sich anfühlt, als würde etwas an mir rütteln und mich gleichzeitig einschnüren. So surreal; und dennoch fühlt es sich an wie die Wirklichkeit.

Und dann noch dieses Flüstern, das sich eben dazugesellt hat. Eine vertraute Stimme, die immer wieder meinen Namen wiederholt.

»Felicity. Felicity!«

»Felicity, so wach doch endlich wieder auf«, vernehme ich nun deutlich die Stimme – eine vertraute und wohlwollende Stimme. Es dauert zwar noch ein paar Sekunden, doch kann ich den Klang schließlich eindeutig der Person zuweisen, der er gehört.

Die markante Stimme gehört Laura. Meine *Tante* ist wieder bei mir. Ich öffne die Augen und blicke mich rasch um, soweit es mir aus meiner liegenden Position heraus möglich ist, und erkenne, dass es sich bei diesem Ort nicht um mein Apartment handelt.

Ich muss wohl wieder einmal spontan bei *Tante* Laura weggenickt sein. Ich kann mich aber gar nicht daran erinnern, dass ich zu ihr gekommen bin. Und warum ich überhaupt schon wieder zu ihr zurückgekommen bin. Nach unserem letzten, eher unangenehmen Gespräch wollte ich mich ihr doch so schnell nicht wieder anvertrauen. Davon abgesehen, dass ich sie mit jedem Treffen noch mehr in Gefahr bringen würde als ich es ohnehin schon getan hatte, wollte ich auch lernen, mit meinen Problemen endlich alleine klarzukommen. Ohne die Hilfe von unbeteiligten und gutmütigen Personen. Ohne die Hilfe meiner *Tante*.

Warum also bin ich nun schon wieder hier?

Hier, bei ihr?

Ich drehe den Kopf ein wenig. Behutsam, da mir dabei ein stechender Schmerz durchs Genick hinauf bis in den Scheitel fährt. Ich bin wohl in einer für meinen Hals sehr unbequemen Position eingeschlafen. Doch das unangenehme Stechen verfliegt rasch wieder. Ich muss meinen Hals wohl bloß zu ruckartig gedreht haben. Wer weiß schon, wie lange ich davor so gelegen bin.

Dann blicke ich in die Augen meiner *Tante*, die mir gegenübersitzt. Daraufhin läuft mir ein eiskalter Schauer über den Rücken. Als ich dann besonders achtsam in ihr Gesicht sehe und ihre Miene mustere, erstarre ich regelrecht, obwohl ich das nicht will. Doch der akute Schock verhindert jede kleinste Bewegung, nicht einmal einen einzigen Muskel meines Gesichts kann ich verziehen. Kein Blinzeln ist mir möglich. Festgefroren wie Eis starre ich eine gefühlte Ewigkeit lang in das plötzlich gar nicht mehr vertraute Angesicht der *EVA* namens Laura.

Es erscheint mir nun fremd. Dieser Anblick löst in mir unabdingliche Angst, Schmerzen und Verzweiflung aus. Entfacht durch das Antlitz meiner doch engsten Vertrauten in dieser *KOLON!E.*

Denn nun, mit einem Mal, kann ich die verborgenen Puzzleteile in meinem Gehirn, fein säuberlich geordnet, aus ihrer Finsternis holen, und sie eins zu eins zusammensetzen. Und das Bild, das sich darin zeigt, als ich das letzte Teilchen hinzufüge – Lauras Gesicht – ist von vollkommenem Schrecken für mich.

Vermutlich schon seit Jahren haben sich all diese Bausteine in meinem Kopf gesammelt; haben sich nach und nach im Unterbewusstsein versteckt. Doch nun kann ich sie plötzlich mit Leichtigkeit finden, ordnen; und das große Bild Stück für Stück zusammensetzen. Und dieses sehe ich nun so klar vor meinen Augen, dass ich mir wünsche, ich hätte jene fehlenden Teile niemals gefunden, sondern für immer an ihrem verborgenen Platz in den dunkelsten, verschwommenen Gassen meines Gehirns gelassen.

Denn das Bild, das sich mir nun ganz deutlich zeigt, ist mein innerer Tod.

Eine weiße Federmotte.

Das *Schattenwesen.*

Tante Laura.

Die Schatten und ihre Stimmen.

Die *Lichtmahr:e*!

Laura ist die *Lichtmahr:e.* Das *Schattenwesen* ist meine *Tante.*

Sie sind alle ein und dieselbe Person; sie sind alle ein und dasselbe Wesen, welches sich mir gegenüber bloß immer unterschiedlich gezeigt hat – oder das ich zumindest so wahrgenommen habe.

Mein schockierter Blick kann sich lange nicht von dem schlagartig fremdgewordenen Wesen lösen.

Ob sie bemerkt hat, dass ich etwas bemerkt habe?

Dass ich nun weiß, wer sie ist und was sie ist?

Soll ich irgendetwas sagen?

Oder soll ich es doch für mich behalten und genauso stürmisch und wortkarg verschwinden, wie das letzte Mal?

Nein, das wäre zu auffällig, zu verdächtig. Ich werde sie sofort damit konfrontieren. Ich meine, dass ich von nun an sowieso nichts mehr zu verlieren habe.

»Du!«, kommt es mir darum nun eisig und verurteilend über die Lippen.

»Ich?«, gibt mir *Tante* Laura, das *Schattenwesen*, scheinbar so überrascht wie unwissend zur Antwort.

»Ja. Du.«

»Was ist mit mir?«

»Ich weiß, wer du bist.«

»Oh«, sagt sie nur, »und, wer bin ich?«

»Du bist es. Ich weiß es.«

»Du weißt was?«

»Ich weiß über dich Bescheid.«

»Und in welcher Hinsicht?« *Tante* Laura antwortet mir vorsichtig, nichtssagend und doch merkbar nervös. Als würde sie sich ertappt fühlen, ohne genau zu wissen, wobei.

Auch sie scheint sich langsam herantasten zu wollen, um herauszufinden, was ich weiß und wie viel ich weiß, oder glaube, zu wissen. Es kann ja auch sein, dass ich etwas anderes, vielleicht gar Peinliches über sie erfahren habe und dass sie auf keinen Fall eine Antwort geben möchte, die sie noch weiter verraten könnte. Doch ich habe sie ertappt und durchschaut. Trotz der unzähligen Schweißperlen, die sich aus Angst an meiner Stirn bilden, bin ich dazu bereit, mich auf das Spiel mit ihren Regeln einzulassen.

»Du bist das *Schattenwesen*«, sage ich mit möglichst sanfter Stimme. Ich möchte kooperativ wirken. Ich frage mich, ob ich gerade in Sicherheit bin – oder schon im nächsten Moment tot sein könnte. Ich kann es nicht abschätzen, doch trotz meiner Furcht möchte ich mich nicht mehr länger einschüchtern lassen.

»Ich bin was?«, gibt sie so erstaunt zurück, als wäre meine Anschuldigung völlig sinnentleert. Doch ich glaube ihr kein Wort mehr.

»Ja, du hast richtig gehört. Ich weiß, wer du bist und was du bist. Du bist das *Schattenwesen* – und du bist die *Lichtmahr:e*!«

»Ach, du weißt doch gar nichts, du kleines wertloses Subjekt.« Lauras Ton wird scharf, bösartig und verletzend. Nichtdestotrotz hat sie sich nun aber endgültig selbst verraten.

»Da, du hast es gesagt«, rufe ich entsetzt.

»Was habe ich gesagt?«

»Du hast mich SUBJEKT genannt. Du hast mich einfach als Subjekt bezeichnet, als etwas völlig Bedeutungsloses.«

»Na und?«, verteidigt sich meine vermeintliche *Tante* in gespielt leichtfertigem Ton.

»Du hast SUBJEKT einfach mit einem Namen gleichgesetzt. Soweit ich mich zurückerinnern kann, an die wenigen klaren und hellen Momente in den letzten dunklen Jahren, die ich in diesen Zellen verbringen musste, hast du mich immer so genannt. Du hast mir diese Albträume gebracht, die ich gar nicht geträumt habe; sondern die in Wirklichkeit passiert sind. Du hast mir Monate, nein: Jahre meines Lebens gestohlen und mich dazu auch noch bis ins Unermessliche gefoltert und misshandelt! Du! Das warst immer nur du!«

»Ha«, auf Lauras Lippen macht sich nun ein gemeines Grinsen breit, und ich erkenne immer weniger meine ehemals

Vertraute in ihr, »da hast du dir ja ein besonders schönes Schauermärchen ausgedacht und zusammengereimt.«

»Ich habe mir gar nichts zusammengereimt. Du hast mir diese Schatten in mein Gehirn gepflanzt, damit sie mich mit ihrem Flüstern in den Wahnsinn treiben und mich gleichzeitig dominieren können«, verteidige ich mich. Ich bin mittlerweile fest von meiner Theorie überzeugt. Die Lügnerin mir gegenüber kann mich nicht davon abbringen. In meinem tiefsten Inneren weiß ich, dass das große Bild, das ich heute zusammensetzen konnte, der Wahrheit entspricht. Es war immer nur SIE. Ich kann nicht fassen, wie lange und wie oft ich vertrauensvoll an ihren Tisch geflüchtet bin. Die ganze Zeit über war ich dabei nicht mehr als ihr Subjekt.

»Du bist das *Schattenwesen*«, beharre ich.

»Du bist verrückt.« Lauras Miene verzieht sich zu einer argwöhnischen Fratze; und dennoch zeigt sich mir darin, wie ertappt sie sich gerade fühlt.

»Du bist der Schatten, dessen Stimmen pausenlos zu mir geflüstert haben. Du bist eine *Albe*. Du bist das *Schattenwesen*, welches mich jahrelang in seiner Gewalt hatte, ohne dass es mir bewusst gewesen wäre.«

»Felicity, jetzt reicht es mir aber«, ruft die rothaarige *EVA* wütend.

»Was reicht dir, *TANTE*?«, wiederhole ich – sarkastisch, doch mit einem verzweifelten Unterton, den ich einfach nicht unterdrücken kann.

»Diese schrecklichen Vorwürfe, die du einfach so aus dem Hut zauberst.«

»Vorwürfe? Ich mache dir Vorwürfe? Soll ich jetzt lachen? Du hast mich doch jahrelang belogen und betrogen! Mich gequält. Mit mir gespielt.« Vor Wut und Fassungslosigkeit treten mir Tränen in die Augen.

»Aber Kind. Das bildest du dir nur ein.«

»Doch, es ist die Wahrheit.« Ich bleibe kämpferisch.

»Pass lieber gut auf, was du von dir gibst.« Lauras Stimme nimmt nun konstant an Lautstärke zu. Sie klingt immer verbitterter. »Dass du geistig verwirrt bist, ist ja offensichtlich.«

»Ja, weil du mich dazu gemacht hast.«

Mittlerweile ist unser beider Lautstärke bis ins Unermessliche gestiegen. Wir stehen uns in dem kleinen sterilen Apartment gegenüber, gerade einmal mit einer Armeslänge Abstand voneinander, und brüllen uns abwechselnd unsere Anschuldigungen und Verteidigungen entgegen. Wären die einzelnen privaten Wohnräume nicht extra luftdicht und stark schallisoliert, würde man dieses Streitgespräch vermutlich schon auf dem gesamten Korridor mitverfolgen können. So, als trennten uns keine weiß gestrichenen Betonwände und kein Glas, das jeglichen Geruch abhält, von der unmittelbaren Umgebung.

Wären wir im Moment in diesem Apartment nicht so gut von unserer Umgebung abgeschottet, würde womöglich auch schon eine bewaffnete Einheit der *Beschützer** vor der Schleuse stehen, um uns beide mitzunehmen.

»Felicity, sei jetzt still, sonst rufe ich die *Beschützer**«, versucht Laura nun auch tatsächlich mit einer banalen Drohung, die Situation zu entschärfen – ganz so, als hätte sie meine Gedanken gelesen.

Und irgendwie verwundert mich das gar nicht. Es erscheint mir nach meiner heutigen Erkenntnis vielmehr ganz und gar realistisch, dass sie dazu fähig ist, tief in meinen Kopf zu blicken.

»Und was willst du den *Beschützern** erzählen?«, kontere ich.

»Die Wahrheit.«

»Die Wahrheit?«, äffe ich sie nach und lache dabei lauthals auf, »gut, dann mach das. So können sie dich gleich bedenkenlos mitnehmen und in die entsprechende *Korrektionsanstalt* einweisen. Für immer!«

»Von wegen, dummes Ding. Aber erzähle ihnen ruhig deine Geschichten. Sie werden sofort merken, dass du die Verrückte bist, und dich direkt abführen«, erwidert Laura mit provokantem Lächeln. Immer noch versucht sie, sich selbst als die von uns beiden Erhabene zu präsentieren.

Meine verfluchte, hinterhältige *Tante*.

Nein, *TANTE* will ich sie jetzt auf keinen Fall mehr nennen. Sie verdreht mir die Worte. So wie in all den vergangenen Jahren. Jahre, deren Anzahl ich gar nicht kenne. Jahre, in denen sie mich belogen, betrogen, verseucht und vermutlich auch mit chemischen und anderen Substanzen vergiftet hat.

Und doch verunsichert sie mich nun wieder. Womöglich hat sie doch recht – und ich bin wieder nur in meinem eigenen Albtraum gefangen. Doch diesen kann doch wiederum nur sie verursacht haben? Oder ...

Oder kommen die Schatten doch von woanders her – aus einer anderen Welt? Tue ich Laura vielleicht tatsächlich unrecht?

Oder bin gar ich selbst diese schreckliche *Albe*?

Habe ich mich selbst zu dem gemacht, was ich glaube, zu sein?

Nein!

Befremdlicher Gedanke, verschwinde.

Ich bin normal. Ich bin nicht diese *Albe* oder eine *Mahr*.

Laura hat mich zu diesem zweifelnden, schwachen Wesen gemacht. Zu einem belanglosen Subjekt. Sie will, dass ich glaube, ich wäre an allem schuld. Ich muss ihr widerstehen. Sie darf nicht gewinnen. Das hat sie bereits viel zu oft.

»Dann ruf doch jetzt deine verdammten *Beschützer**!«, gebe ich selbstbewusst, wenn auch im Stillen verzweifelt, zurück. Ich muss das Risiko eingehen, sie herauszufordern. Nur dann werde ich wissen, ob ich recht habe. Wenn sie tatsächlich die

Bewaffneten ruft, heißt das, dass ich falschliege. Es heißt aber auch, dass ich in der *Korrektionsanstalt* landen werde.

Habe ich jetzt doch zu überstürzt gehandelt?

Hat meine bösartige *Tante* nur auf so eine Aufforderung gewartet?

»Ja, das werde ich auch«, antwortet sie nun, zu meiner Erleichterung jedoch ohne, dass es ernstgemeint klingt. Vielmehr schwebt eine merkliche Unsicherheit in ihren Worten mit. Gleichzeitig bewegt sich ihr ganzer Körper unruhig hin und her, als wolle er ein herannahendes Zittern unterdrücken.

Sie scheint zu zögern.

»Was ist, worauf wartest du noch?«, fordere ich sie, jetzt wieder mutiger, mit erhobener Stimme auf. Schlimmer kann es für mich sowieso nicht mehr werden. Ich habe niemanden mehr. Alles ist besser, als von diesem elendigen, bösartigen Wesen beherrscht zu werden und hilflos in ihrer Gefangenschaft zu darben. Sollen mich die *Beschützer** doch abführen und in die *Korrektionsanstalt* bringen. Dort habe ich gewiss ein besseres Leben als jenes, das ich nun führe. Oder gar keines mehr. Doch selbst das erscheint mir erstrebenswerter, als weiterhin der Spielball von Laura – oder wer immer das Wesen mir gegenüber auch ist – sein zu müssen.

Und dann wird es plötzlich ganz still. Eine seltsame Ruhe macht sich im Zimmer breit, die mich erneut zum Schaudern bringt.

Was passiert jetzt?

Was hat Laura vor?

✦ ✦

Laura scheint erstarrt zu sein. Ohne sich zu rühren, steht sie wie angewurzelt da und blickt mich abwägend an. Sie zögert immer noch. Ihr scheint wohl klar geworden zu sein, dass ich dabei bin, ihren kranken Plan zu vereiteln. Sie hat sicher nicht damit gerechnet, dass ich so reagieren würde. Dass mir mit einem Schlag alles egal werden würde – sogar, was sie nun unternimmt.

Doch sie hat sehr wohl etwas zu verlieren. Denn wenn die Lakaien des Staates bei ihr im Apartment auftauchen, werden Fragen gestellt werden. Viele Fragen. Zu viele Fragen. Nicht nur an mich. Auch an Laura. Vor allem an Laura. Sie werden Laura regelrecht verhören. Das scheint sie zu wissen. Und der Gedanke scheint ihr überhaupt nicht zu gefallen.

Vermutlich hat sie noch mehr zu verbergen, mehr zu verlieren, als ich bis jetzt angenommen habe. Jetzt erkenne ich es ganz deutlich an ihrem Gehabe: Sie hat Angst. Ich kann es in ihren giftgrünen Augen lesen, dessen Leuchtkraft in den letzten Minuten deutlich abgenommen hat. Ihre Augen sind matt und dunkel geworden, wodurch sie noch giftiger wirken. Etwas in ihrem Inneren ist erloschen. Und das gibt mir zu verstehen, dass ich sie entlarvt habe. Ein stummes Geständnis, welches sie unbewusst, mit ihrem Schweigen, preisgibt.

»Gut, wenn du es nicht machst, werde ich sie rufen«, hole ich jetzt meinen letzten Trumpf aus dem Ärmel.

»Wen rufen?«, hakt Laura nach. Ich habe sie anscheinend unsanft aus ihren Gedanken gerissen. Sie scheint kurz abgelenkt gewesen zu sein, als hätte ihr Kopf einige Momente lang in einer anderen Welt verweilt. Sie wirkt verwirrt.

»Die *Beschützer**«, sage ich mit triumphierendem Unterton in der Stimme.

»Nein, das wirst du nicht! Unterlass das«, schreit sie mich jetzt halb befehlerisch, halb flehend an.

»Doch, das werde ich«, halte ich selbstbewusst und mit neuer Kraft daran fest. Ich meine es sogar ernst. Ich will endlich, dass alles hier und jetzt endet.

»NEIN, habe ich gesagt, du elendiges Subjekt«, brüllt sie jetzt. Ihr Gesicht rötet sich, in ihren Augen flackern Wut und Angst zugleich.

»Was hast du gesagt?«, frage ich entrüstet.

»NEIN. Ich habe NEIN gesagt.«

»Nicht das. Du hast mich schon wieder SUBJEKT genannt.«

Heller Zorn breitet sich rasch in meinem gesamten Körper aus.

»Wie recht du hast. Wie leid es mir tut. Soll ich das elendige Subjekt vielleicht lieber FELICITY nennen?«

Ich bin sprachlos vor Wut, Enttäuschung und – Hass. Und ich fühle mich kaum noch in der Lage, diese Aggressionen zurückzuhalten. Da steht sie nun vor mir, die Person, die mein bisheriges Leben zur Agonie gemacht hat. Steht da und wagt auch noch, mich weiter zu provozieren. Weiter zu demütigen. Weiter zu verletzen. Als hätte sie das nicht schon viel zu lange ungestraft getan. Ich spüre, wie sich eine unbändige Macht in mir aufstaut.

Meine Knöchel an den Fingern werden bleich, da ich bereits seit Minuten die Hände zu Fäusten geballt habe. Ich spüre ihre konzentrierte Kraft darin, die mit jeder weiteren verstreichenden Sekunde ungezügelt ausbrechen könnte.

»Was ist, Felicity, hat es dir die Sprache verschlagen?«, durchbricht Laura, immer noch sarkastisch und bösartig, die anhaltende Stille. »Wie handhaben wir das jetzt, mit diesen Beschützern*?«

Und just in diesem Moment läuft das Fass endlich über.

Voller Wut hole ich mit meiner rechten Hand aus und schlage meiner ehemals Vertrauten mit der Faust mitten ins Gesicht. Durch die unerwartete Wucht des Aufpralls fährt auch mir selbst ein stechender Schmerz durch die Hand. Ich habe keinen Zweifel daran, dass ich mir eben etwas gebrochen habe.

Doch der brutale Hieb hat meine ehemalige *EVA* so stark getroffen, dass sie sofort zu Boden sackt. Selbst von dieser überraschenden Wucht benebelt, kann ich nur schleierhaft erkennen, wie ihr ein immenser Schwall Blut aus der deformierten Nase fließt. Ich muss sie tatsächlich ordentlich erwischt haben.

Dass so eine Kraft in mir steckt, habe ich nicht gewusst. Offensichtlich hat sich im Laufe meiner vergangenen hilflosen Jahre immens viel an Wut und Zorn in mir angestaut. Und wie durch ein ruckartig geöffnetes Ventil ist alles mit einem Schlag aus mir herausgekommen.

Doch was habe ich getan?

Ich habe einen Menschen niedergeschlagen. Einen bösen, niederträchtigen und verachtenswerten Menschen zwar, doch selbst das rechtfertigt diese Tat in keinster Weise.

Warum habe ich das bloß getan?

Auch wenn es Laura verdient hat: Ich darf nicht handgreiflich werden. Gewalttätig sein. Das will ich nicht. Das bin ich nicht.

Eine einzelne Träne läuft mir über das Gesicht. Auf diese Träne folgt die nächste. Und die nächste. Dutzende Tränen bahnen sich jetzt sintflutartig ihren Weg über meine von Salz und Nässe schnell gereizten und bald sogar geröteten Wangen. Es fühlt sich an, als würde das Salzwasser tiefe Furchen in meine Haut ätzen.

Mit den feuchten Augen kann ich nicht mehr klar sehen. Laura, die immer noch am Boden vor mir liegt, rinnt nach wie vor das Blut aus der Nase. Ein dezenter metallischer Geruch erfüllt langsam den Raum. Ich brauche Luft! Ich atme mehrmals tief durch, was jedoch ein großer Fehler ist: Das seltsame Aroma und der verschwommene Anblick der blutenden Nase bescheren mir nun auch noch Kopfschmerzen. Mir wird übel.

Gleichzeitig breitet sich ein enormes Schwindelgefühl in meinem Körper aus.

Alles um mich herum beginnt sich mit einem Male zu drehen. Nichts scheint mehr an seinem Platz stehenbleiben zu wollen. Die Ecken des Raumes runden sich allmählich ab. Das quadratische Zimmer um mich wird kreisrund und dreht sich zunehmend schneller, als wäre ich in einer Zentrifuge gefangen.

Wie ein schwerer Fels befinde ich mich im Zentrum des Geschehens, während ein blutverschmierter, bewusstloser Körper immer wieder an meinen Augen vorbeifliegt. Ich stehe zwar wie angewurzelt da, doch meine Pupillen verfolgen unermesslich den stetig schneller werdenden Leib. Mir kommt es sogar so vor, als würde sich mein Kopf beständig um dreihundertsechzig Grad um sich selbst drehen.

Das kann doch nicht normal sein?

Immer temporeicher wird das unglaubwürdige Schauspiel vor meinen Augen. Zu rasend. Mein eigener Körper gerät plötzlich ins Wanken. Mein fester Stand verfliegt. Vor meinen Pupillen hat sich ein dunkler Schleier gebildet und die schwebende Hülle von Laura ist zu einem einzigen zerfließenden Schatten geworden. Die Übelkeit, die sich in meinem Bauch ausbreitet, wird immer stärker. Massiver. Ich muss bereits würgen, doch mit viel Willenskraft kann ich den sicherlich sehr unappetitlich schmeckenden Brei davon abhalten, mir vollends hochzukommen – vorerst.

Der Reiz wird immer unerträglicher. Und die Zentrifugalkraft, die kontinuierlich intensiver auf mich einwirkt, macht die Sache nicht besser. Mein Kopf scheint sich in die gegengesetzte Richtung meines restlichen Körpers zu drehen, und das mit doppelter Geschwindigkeit. Die Umrisse des kreisenden Raums um mich kann ich nur noch schwer verschwommen wahrnehmen. Der schattenhafte Leib der *Tante* scheint sich in dieser stetigen Rotation allmählich in Fetzen aufzulösen.

Mehr und mehr überkommt mich ein Schwindelgefühl. Das bisschen Inhalt in meinem Magen will jetzt definitiv heraus. Ich würge, versuche, es zurückzuhalten. Doch vergeblich. Mit einem Mal dringt unerbittlich – und wie befürchtet – eine gelbliche, schleimige Masse aus meinem Mund. Es brennt grauenhaft in der Speiseröhre. Es scheint mir die vorderen Zähne wegätzen zu wollen. Das ganze Zimmer und die weiße Kleidung, die ich trage, verfärben sich schnell in das Giftgelb an Erbrochenem, das unbändig aus meinem gequälten Magen tritt.

Dann wird mir schwarz vor Augen. Die Drehbewegung scheint sich zu verlangsamen. Alles um mich wird in ein nebeliges, dunkles Licht getaucht. Das Licht scheint alles, was ich anblicke, zu verschlingen und dabei in einen dubiosen Schatten zu verwandeln. Bis ich nur noch alles Schwarz in Schwarz sehen kann.

Und dann ist es still. So still um mich, dass ich nur noch meinen eigenen Herzschlag hören kann. Die Welt um mich ist verschwunden; und der kurz aufleuchtende Schmetterling hat die Stimmen gleich mitgenommen.

✳ ✳ ✳

Tage später liege ich immer noch in diesem Bett, das wieder einmal in einem einsamen, kleinen Zimmer steht. Doch befindet sich jener Raum nicht in einem Keller. Nein, diese Wände grenzen direkt an einen belebten Flur der Krankenstation, in welche ich unmittelbar nach diesem ominösen Vorfall mit Laura gebracht wurde. Ob ich das Bett in den letzten Tagen überhaupt auch nur einmal verlassen habe, kann ich nicht sagen.

Doch dieses Bett ist ganz anders als jene Schlafstätten, die mich immer noch in meinen Träumen verfolgen. Es vergeht keine Nacht, in der mich nicht dieser lebendig gewordene Schatten in meinen Albträumen besucht. Obwohl ich mir keinerlei Sorgen machen müsste, da ich ja jetzt weiß, dass diese Träume wirklich nur Träume sind und keine Realität mehr, vergeht kaum eine Nacht, in der ich nicht schweißgebadet und voller Angst erwache.

Denn nach wie vor sind diese Bilder eine vergangene Wirklichkeit. Ein geschehenes Ereignis, von dem ich mir wünsche, es wäre nie passiert. Doch es hat sich so abgespielt.

Und deshalb liege ich auch hier in diesem Krankenbett, in der Krankenstation meiner KOLON!E, damit ich wieder gesund werden kann. So haben es mir zumindest die Ärzte erklärt. Ob das stimmt, kann ich nicht sagen. Genauso gut könnte ich in einer Korrektionsanstalt des Staates gelandet sein, so wie Laura. Doch darüber will ich jetzt gar nicht nachdenken. Zu sehr hat sich das kürzlich Vergangene in meinem Gehirn eingebrannt. Und ich brauche im Augenblick all meine Kraft und alle Hilfe, die ich bekommen kann, um das zu verarbeiten.

Nur noch schemenhaft erinnere ich mich daran, was danach noch in Lauras Apartment geschehen ist. Wie lange ich geschlafen habe oder vielmehr bewusstlos war, kann ich nicht sagen. Niemand kann das sagen.

Denn irgendwann sind sie von alleine gekommen. Die Beschützer*. Mit schallenden Schritten sind sie in das Apartment gestürmt. Die minderwertigen Polizisten haben dabei so viel Lärm gemacht, dass ich allmählich erwacht bin. Die Augen konnte ich nur unter enormen Schmerzen öffnen, doch sie zeigten mir bloß ein schwaches, verzerrtes Bild.

Ein Schleier war vor meine Pupillen getreten und ich konnte nur schwammig sehen. Alles, was um mich herum geschah, nahm ich bestenfalls in Bruchstücken wahr. Meine Augen und Ohren waren immer noch betäubt von den Geschehnissen zuvor. Zu sehr hatte mich das alles mitgenommen. Und bewegungsunfähig auf dem Boden liegend, konnte ich sowieso fast nur die schwarzen, polierten, schweren Stiefel der *Beschützer** erkennen.

Ich hörte Stimmen, doch verstand nicht, was sie sagten, oder ob sie überhaupt etwas Sinnvolles ausdrückten. Genauer gesagt fühlte es sich für mich so an, als würden irgendwo im Hintergrund nur belanglose Sätze gesprochen oder gebrüllt werden.

Vielmehr hatte ich den Wunsch, wieder weiter zu schlafen. Dass alles um mich herum einfach verschwinden würde. Dass ich selbst in einem schönen Traum verschwinden könnte. Doch meine Augen gehorchten mir nicht. So wie damals, als mich das *Schattenwesen* in seinem Keller gefangen gehalten hatte. Bei diesem Gedanken fuhr mir ein erbärmlich kalter Schauer den Rücken hinunter und ich musste stark zucken.

»Da, sie lebt noch«, vernahm ich plötzlich eine geschlechtslose Stimme über mir. »sie hat eben gezuckt. Los, kümmert euch um sie.«

Und dann war alles ganz schnell gegangen. Mein Gehirn war noch nicht soweit gewesen, um die Geschehnisse, welche in diesem Moment um mich passierten, zu verarbeiten. Vielmehr war es immer noch damit beschäftigt, die Ereignisse der Stunden zuvor zu verdauen. Nur noch Ausschnitte konnte es in sich aufnehmen und speichern. Wie durch Zufall herausgeschnittene Einzelbilder aus einem Film.

»Wehe, sie überlebt nicht«, vernahm ich nochmals dieselbe Stimme, die doch auch ganz jemand anderem gehören konnte.

Und dann wurde ich weggetragen. Wie viele *Beschützer** daran beteiligt waren, wie sie mich trugen und wohin, bekam ich gar nicht mehr mit.

Erst lange Zeit später war ich wieder aufgewacht. Hier in diesem Bett, mit den frischen weißen Laken. An einem Ort, welcher mir am Anfang doch auf eine erschreckende Weise etwas zu sehr vertraut schien. Aber das lag doch vermutlich eher daran, dass fast alle diese Betten dem Staat gehören – und deshalb größtenteils komplett ident aussehen und sich auch so anfühlen.

Hier auf der Krankenstation bin ich gelandet, damit sie mich wieder gesundmachen können. Geistig wie körperlich. Und das werden sie auch. Der Staat kann auf mich nicht verzichten, keinen Menschen kann er aussparen. Deshalb ist es auch seine Pflicht, mich so schnell wie möglich zu heilen. Und meine Pflicht ist es, so schnell wie möglich wieder gesund und einsatzbereit zu werden.

Der Staat hat Aufgaben für mich, die es zu erledigen gilt. Und jeden Tag, den ich ihm nicht dienen kann, ist ein verlorener Tag. Es muss alles zum Wohle des Staates passieren.

Und deshalb lausche ich wieder in die diffuse Dunkelheit, die mich in dieser Nacht umgibt. Halte Ausschau nach einem Licht, das nicht existiert. Und hoffe vor allem, dass sich keine einzige Federmotte dahin verirrt.

The demons have always lived inside me
They always watch me, they want to play
But not today no!
Today you must be like a normal girl
But I could not do what they told me to,
because I wanted to kill them ...

...But my demons do, they remember everything
Everything
And they will never forget what you did to me, never

Bμrnehjem (2017) ©MYRKUR

EPILOG

REFUGIUM –
EIN (VORLÄUFIGES) ENDE

JAHR 2081
TANTE LAURA

Da spüre ich sie wieder. Die Hand des Jungen in meinem Bett ist erneut zwischen meine Beine gerutscht und fingert damit im Intimbereich herum. Dabei zucke ich etwas, da es mir im Grunde doch nicht ganz behagt. Ich wünsche mir, dass er damit von alleine wieder aufhört. Doch bis jetzt ist das noch nie passiert. Da er fest behauptet, es würde mich beruhigen, nachdem ich ansonsten nachts angeblich um mich schlage und dadurch auch er so einiges von mir abbekommt.

Aber ist das eine Rechtfertigung dafür, dass er mir dauernd in den Schritt fasst?

Langsam weiß ich auch nicht mehr, wie ich damit umgehen soll. Zusammengefasst macht mir die ganze Sache doch Angst.

Seine Finger an meinen intimsten Stellen zu fühlen. Wie er alles genau abtastet und befühlt. Jedes Detail dort unten kennenlernen will. Obwohl ich mich im Grunde, im Inneren dagegen wehre, kann ich es trotzdem nie verhindern, dass sich dieses schleimige Sekret in meinem Schritt bildet. Und dies bereitet mir so eine Angst, dass ich unruhig schlafe und des Öfteren schweißgebadet erwache. Dieses Ungewisse ist vermutlich auch mit ein Grund, warum ich so häufig im Schlaf um mich schlage. Dann spüre ich sie schon wieder. Diese weichen Finger, die sich so sanft in meinem Schritt einfühlen möchten. Dabei will ich doch nur, dass er endlich damit aufhört. Manchmal wünsche ich mir sogar, dass er verschwindet. Und das für immer!

Schon wieder bin ich mitten in der Nacht vollkommen schweißgebadet aufgewacht. Ob es das erste Mal in dieser Nacht ist, oder bereits das zehnte Mal, kann ich nicht sagen. Vielleicht handelt es sich aber auch längst schon um die darauffolgende Nacht, in welcher mich dieser altbekannte Albtraum schon wieder verfolgt.

Seit ich mich hier in der *Korrektionsanstalt* befinde, kann ich den Tag nicht mehr von der Nacht unterscheiden. Für mich ist hier alles gleich. Wie lange ich bereits hier bin, kann ich nicht sagen. Vielleicht erst seit ein paar Nächten. Es könnte sich aber auch schon um ein paar Wochen oder gar Monate handeln. Jegliches Zeitgefühl habe ich hier verloren.

Und das seit dem Tag, als mich eine Einheit der *Beschützer** aus meinem Apartment hierher in diese Einrichtung verschleppt hat. Was ich angestellt habe, hat man mir zwar schon mehrmals gesagt, doch diese Anklagen hören sich für mich so unglaubwürdig an, dass ich sie verdränge, um sie zu vergessen.

Wie lange ich hierbleiben muss, kann mir auch niemand sagen. Ich bekomme immer nur zu hören, dass ich erst gehen kann, wenn ich wieder vollkommen gesund und arbeitsfähig bin. Doch welche Krankheit ich eigentlich habe, enthält man mir ganz bewusst vor.

Aber einen Vorteil hat es für mich, hier in der *Korrektionsanstalt* zu sein. Ich kann nicht mehr um mich schlagen. Denn ich bin an dieses Bett gefesselt. Im wahrsten Sinne des Wortes. Die Betreuer haben mich mit breiten, starken Riemen an das Krankenbett fixiert. Bänder, welche um meine Handgelenke und Knöchel geschnallt sind und mir kaum Spielraum lassen, mich zu bewegen. Zusätzlich läuft auch noch je ein Gurt quer über meine Oberschenkel und über meinen Brustkorb. Jener an der Brust ist so eng gespannt, dass ich gerade noch atmen kann. Würde ich richtig tief und fest Luft holen wollen, würde mir der Riemen so stark entgegen drücken, dass es zu schmerzen beginnt.

Das alles dient nur zu meiner eigenen Sicherheit, haben sie gesagt.

Obwohl ich vieles vergessen habe; vieles verdrängt habe; und mit Sicherheit nicht alles glaube, was sie mir erzählt haben, was ich nicht alles getan habe; bin ich mir immer noch bei einer Sache hundertprozentig sicher. Und das ist die Tatsache, dass ich immer noch weiß, wer ich bin und was ich bin.

Denn ich bin Laura. Eine altehrwürdige *Tante* der *EVAs*.

Und manchmal, des Nachts, bin ich auch eine Federmotte. Die sich einfach nur nach einem Licht in dieser allgegenwärtigen Finsternis sehnt; und mit dem Wunsch, sich endlich in einen prachtvollen Schmetterling zu verwandeln.

Wir teilen Zimmer und das Bett
Brüderlein, komm und sei so nett
Brüderlein, komm fass mich an
Rutsch ganz dicht an mich heran ...

... Dem Brüderlein schmerzt die Hand
Er dreht sich wieder an die Wand
Der Bruder hilft mir dann und wann
Da-da-damit ich schlafen kann

Spiel mit mir (1997) ©RAMMSTEIN

Acht

Drei-Zehn –

ein Vorspiel

Viele Jahre vor 2081
Miisa

Wir sind wach. Schon wieder wurden wir geweckt – zum dritten Mal in dieser Nacht. Eine Nacht, die noch keine zwei Stunden alt ist. Es liegt aber nicht daran, dass wir nicht schlafen könnten. Im Gegenteil – wir sind sogar extrem müde. Das kleine Mädchen neben uns ist schuld. Die Göre, mit der wir uns seit über zehn Tagen das schmale Bett teilen müssen. Die *EVAs* haben sie einfach zu uns ins Bett gelegt. Niemand hat uns gefragt. Die dürfen das!

Das Mädchen neben mir hat einen sehr unruhigen Schlaf. Aber sie kann nichts dafür. Sie kann ihren Körper im Schlaf nicht kontrollieren. Etwas macht ihr Angst. So große Angst, dass sie im Schlaf um sich schlägt. Und viele dieser Schläge treffen uns. Jeden Morgen entdecken wir neue blaue Flecken an unserem Körper. Obwohl das Mädchen so zierlich und ausgehungert ist, hat es doch so viel Kraft in ihren Armen.

Wir können das Bett nicht so einfach verlassen, um uns

einen anderen Platz zu suchen. Die *EVAs* mögen es nicht, wenn man nachts sein Bett verlässt. Es ist strengstens verboten. Denn sie beobachten uns im Schlaf. Ein entdeckter Verstoß bringt Strafen und schmerzhafte Züchtigungen mit sich. Die Hämatome und der Schlafentzug sind harmlos dagegen. Auf den Boden darf man sich auch nicht legen; das mögen sie auch nicht.

Wir verstehen auch nicht, warum wir als einzige kein eigenes Bett haben. Die *EVAs* haben das Mädchen einfach zu uns gelegt. In ein Bett, das nicht einmal für ein Kind groß genug ist. Und jetzt müssen wir das Bett auch noch mit diesem jämmerlichen, groben Mädchen teilen, das uns Nacht für Nacht den Schlaf raubt und Schmerzen zufügt.

Es ist auch kein anderes Bett mehr frei. Alle zwölf Betten in diesem kleinen Zimmer sind belegt. In allen liegen Kinder und versuchen zu schlafen. Wir wissen, dass es zwölf sind. Wir haben sie gezählt. Wir zählen sie oft. Und dabei sind wir stolz auf uns, weil wir bereits so weit fehlerfrei zählen können.

Kaum jemand hat hier einen Namen oder kennt ihn zumindest. Wir sind alle namenlose Wesen, hier in diesem Zimmer. Im Zimmer 101. Es steht draußen auf der Tür. Wir haben es gelesen, als wir hier hereingebracht wurden, die schwarzen, nicht zu großen Ziffern.

Wir sprechen uns alle nur mit DU an. Oder suchen uns Eigenheiten, welche man nur einem bestimmten Kind zuschreiben kann. Aber wir reden ohnehin nicht sehr viel miteinander. Denn die *EVAs* mögen es auch nicht, wenn wir laut sind – und Sprechen kann schon etwas sein, das zu laut ist.

Dennoch beschließen wir, dass das Mädchen einen Namen verdient hat. Alles, was man nicht mag, oder vor dem man Angst hat, braucht einen Namen. Wir geben ihr den Namen Drei-Zehn. Drei-Zehn deswegen, weil sie als letzte nach uns Zwölf ins Zimmer gekommen ist. Es klingt sehr vernünftig.

Aber wir verstehen immer noch nicht, warum Drei-Zehn kein eigenes Bett hat, sondern in unserem Bett liegen muss. Die *EVAs* mögen es ja nicht, wenn wir uns berühren. Körperkontakt unter den Kindern ist eigentlich verboten. Und dennoch müssen wir mit dem Mädchen das Bett teilen. Wir versuchen, sie nicht zu berühren, aber in diesem viel zu kleinen Bett ist es unmöglich, und dabei schlägt sie uns auch noch. Wir hassen sie.

✳ ✳

Die Tage vergehen, und Drei-Zehn schläft immer noch in unserem Bett. Die *EVAs* haben es noch nicht geändert – nichts dagegen gemacht. Das kann so nicht weitergehen.

Aber das kleine, zerbrechlich wirkende Mädchen kann sprechen. Das Wesen mit der bleichen Haut und den kurzen feuerroten Haaren, die ihr bis ans Kinn reichen, spricht mit uns. Sie lächelt uns an. Sie hat ein schönes Lächeln. Ihre weißen Zähne strahlen unter ihren roten Lippen. Vielleicht ist sie doch nicht so böse?

»Weißt du, wo wir hier sind?«, fragt uns Drei-Zehn abrupt, wie aus dem Nichts.

»Nein, das wissen wir leider nicht. Die *EVAs* haben uns einfach hierhergebracht und uns unsere Schwester weggenommen.«

»Oh, das ist schade.«

»Ja, das ist es! Es ist mehr als nur schade.«

»Ich kann doch deine Schwester sein.«

»Nein, wir haben schon eine Schwester.«

»Ja, aber eine, die nicht hier bei dir ist.«

»Wir brauchen keine neue Schwester. Wir wollen auch keine neue.«

»Das ist schade. Ich hatte noch nie einen Bruder.«

»Wir können nicht alle Geschwister haben«, geben wir ihr schroff zur Antwort. Enttäuscht und beleidigt wechselt Drei-Zehn darauf das Thema.

»Warum sagst du immer wir, zu dir? Du bist doch alleine.«

»Wir verstehen die Frage nicht.«

»Du bist doch nur ein Ich und kein Wir.«

»Wir sind wir. Wir mögen das nicht, wenn du das so sagst«, antworten wir ihr in beleidigtem Ton.

Danach schweigen wir gemeinsam einige Stunden lang und sitzen nur so auf dem Bett herum. Weil die *EVAs* uns nur selten nach draußen lassen, müssen wir die meiste Zeit hier drinnen in diesem langweiligen Zimmer verbringen.

Drei-Zehn scheint nett zu sein. Vielleicht ist sie doch nicht so gemein oder gar das Böse. Vielleicht können wir sie mögen. Bis jetzt hat sie noch nichts Schlimmes getan. Und in der Nacht hat sie selber keine Kontrolle über sich.

»Wie heißt du eigentlich?«, hat sie uns später gefragt.

»So genau wissen wir das nicht mehr. Aber wir glauben, Mutter hat immer Miisa zu uns gesagt!«

»Miisa? Das ist doch kein Name«, entgegnet uns das fahle Wesen etwas herablassend.

»Na und. Mutter hat es immer zu uns gesagt. Und Mutter hat immer recht gehabt. Wir sind Miisa«, und dabei verschränken wir die Arme und schauen einige Minuten beleidigt in die Luft. Nach einer kurzen Pause ergreifen wir wieder das Wort:

»Wenn du meinst, Drei-Zehn.«

»Was ist Drei-Zehn?«

»Wir nennen dich Drei-Zehn! Du bist unsere Drei-Zehn.«

»Warum tust du das?«

»Weil du das dreizehnte Kind bist, das in unser Zimmer gekommen ist!«

»Okay. Aber Drei-Zehn ist nicht mein Name.«

»Wie heißt du dann?«

»Das weiß ich nicht mehr«, und kaum hat sie den Satz beendet, fängt sie leise an zu schluchzen. Es macht sie sehr traurig, dass sie ihren Namen nicht mehr weiß. Es muss sie ewig niemand mehr danach gefragt haben. Dabei fällt uns ein, dass es bei uns nicht anders ist. Dann weinen wir zusammen, viele Minuten lang.

»Gut, du darfst Drei-Zehn zu mir sagen«, durchbricht das Mädchen die Stille, nachdem unser beider Schluchzen endlich wieder verstummt ist.

»Danke.«

»Dafür nenne ich dich Elf!«

»Warum Elf?«

»Na, weil doch elf vor dreizehn kommt.«

»Nein, dazwischen ist noch zwölf.«

»Zwölf? Bist du dir da sicher?«

»Ja, das sind wir, Drei-Zehn. Zehn, Elf, Zwölf, DREIZEHN«, zählen wir ihr ganz langsam vor. »Wir können nämlich schon so weit zählen.«

»Na gut, ich glaube dir. Aber ich sage jetzt trotzdem Elf zu dir!«

»Nein, unser Name ist Miisa!«

»Na gut, dann nenne ich euch Miisa und Elf, schließlich seid ihr ja zu zweit«, nickt Drei-Zehn und freut sich dabei sehr. Und wir beschließen, dass wir nichts dagegen haben. Erst einmal.

Vielleicht ist Drei-Zehn doch nicht so übel. Wir glauben, dass wir sie mögen. Sonst haben wir bis jetzt mit niemandem hier gesprochen. Sie war die erste, die mit uns reden wollte. Und wir wollten dann auch mit ihr sprechen. Obwohl die *EVAs* es nicht mögen, wenn wir das tun.

Wir verstehen Drei-Zehn nicht. Das helle Mädchen mit der

schneeweißen Haut und den blutroten Lippen ist doch das Böse. Aber trotzdem kann sie nicht das Böse sein – sie ist zu nett zu uns. Ihre roten Haare duften immer so gut. Wie die Luft nach einem frischen Regen – wenn die Sonne wieder zum Vorschein kommt. Wir werden versuchen, dass wir sie verstehen. Wir wollen lernen, sie zu verstehen. Drei-Zehn ist anders als die anderen. Wir mögen das. Sie ist nicht absichtlich böse. Die *EVAs* haben sie böswillig behandelt, haben etwas mit ihr angestellt. Sie will selber doch nicht so sein.

Wir wollen ihr helfen. Drei-Zehn kann gut für uns sein. Unser Bett werden wir mit ihr teilen und versuchen, keine Angst mehr vor ihr zu haben. Und wenn wir uns nicht mehr vor Drei-Zehn fürchten, brauchen wir die *EVAs* auch nicht mehr zu fürchten. Drei-Zehn wird uns dabei helfen.

✳ ✳ ✳

Drei-Zehn ist sehr freundlich und wir mögen sie. Nur wenn sie uns nachts wieder schlägt, hassen wir sie. Aber das kommt mittlerweile nur noch selten vor. Sie muss sich an diese absurde Situation gewöhnt haben.

Und wenn sie uns wieder schlägt, wissen wir auch schon, wie wir sie besänftigen. Wenn sie unruhig ist und Albträume hat, müssen wir ihr einfach durch ihr Haar fahren und ihre Wangen sanft streicheln. Das beruhigt sie. Sie scheint wohl jemanden in ihrer Nähe zu brauchen. Wir tun das gerne für sie. Dann können wir auch bald wieder einschlafen und Ruhe finden.

Nur verstehen wir immer noch nicht, warum die *EVAs* Drei-Zehn zu uns ins Bett gelegt haben – weshalb sie sie überhaupt zu uns ins Zimmer 101 gelegt haben. Sie ist das einzige

Mädchen bei uns im Raum. Alle anderen elf sind genauso Buben wie wir. Nur sie ist ein Mädchen.

Sie ist nicht nur ein Mädchen. Drei-Zehn ist auch der einzige Mensch hier, der eine so helle, schneeweiße Haut hat; und giftgrüne Augen. Sie ist einfach anders als wir anderen. Und deshalb mögen wir sie viel mehr als den Rest. Sie ist etwas Besonderes. Wir sehen es als eine Art Privileg, dass wir mit ihr das Bett teilen – manchmal denken wir sogar, die restlichen Kinder sind neidisch auf uns. Und auch das macht uns etwas Angst.

Wir haben bereits viele Kinder kommen und gehen sehen. Nur wir und Drei-Zehn sind geblieben. Die *EVAs* bringen sie einfach weg, und sie kommen nie wieder. Und wenn ein Bett ein paar Tage leer gewesen ist, legen sie ein neues hinein.

Nur uns haben die *EVAs* noch nicht mitgenommen.

Und auch, wenn ein Bett ein paar Tage lang nicht belegt gewesen ist, haben wir uns nicht getraut, dass wir uns in so ein freies Bett legen. Wir wissen in unserem Inneren, dass die *EVAs* das nicht gutheißen würden. Und abgesehen davon, wollen wir es gar nicht. Wir brauchen uns gegenseitig. Wir wollen nicht alleine schlafen. Wir gehören zusammen, in dieses schmale harte Bett. Niemand von uns soll alleine sein.

Drei-Zehn braucht uns, damit wir ihr die Albträume im Schlafe nehmen können.

»Bist du jetzt mein Bruder?«, hat uns Drei-Zehn etwas schüchtern gefragt.

»Wir wissen es nicht. Wir haben ja schon eine Schwester.«

»Aber du könntest ja noch eine zweite Schwester haben. Man kann doch mehr als eine Schwester haben, findest du nicht, Miisa?«

»Wir denken, du könntest recht haben. Wir vermissen unsere Schwester sehr. Jeden einzelnen Tag, seitdem wir hierhergebracht und getrennt wurden. Du bist auch wie eine

Schwester für uns. Du bist zwar nicht unsere richtige Schwester, aber wir könnten für dich wie für eine zweite Schwester empfinden.«

Wir machen eine kurze Pause und grübeln nochmals nach. Wir versuchen herauszufinden, was wir wirklich wollen. Und schließlich fassen wir dann auch einen Entschluss; und sagen zum schneeweißen Mädchen, das uns gegenüber sitzt: »Wir denken, dass Drei-Zehn uns eine Schwester sein kann!«

»Mehr wollte ich von dir nicht hören. Ich bin so glücklich mit dir, Miisa!« Als sie den Satz beendet hat, legt sie ihren Kopf in unsere Schultern und fängt zu weinen an. Vor Freude weint sie, nicht, weil sie traurig ist. Und auch uns laufen ein paar Tränen über die Wangen. Wir nehmen ihren Kopf in unsere Hände und streicheln ihr durch das weiche, gut und frisch duftende Haar.

»Wir dürfen das nicht solange machen. Du weißt, dass die *EVAs* das nicht mögen, Drei-Zehn.«

»Ja, ich weiß! Nur noch einen kurzen Moment, mein neuer Bruder.«

Wir lassen ihr den Moment. Es ist auch ein sehr schöner Moment für uns. Dann wischen wir uns die Tränen aus den Augen und versuchen, uns wieder zu normalisieren. Wir dürfen hier nicht zu sehr auffallen. Wir müssen uns zurückhalten. Denn sonst trennen sie uns auch noch. Und das wollen wir nicht.

Langsam ahnen wir, warum Drei-Zehn – das schneeweiße Mädchen mit den feuerroten Haaren bis zum Kinn – hier bei uns im Zimmer 101 ist, wo nur Buben sind. Die *EVAs* müssen sie für einen Jungen halten. Sie glauben wohl, dass sie männlich ist. Und wir denken, wir können es auch verstehen. Drei-Zehn sieht doch auch etwas aus wie ein Bub. Womöglich können uns die *EVAs* nicht so gut unterscheiden.

Wir wissen ja auch nicht, wer sie sind. Die *EVAs* sind bloß dunkle, boshafte Schatten für uns. Wir sehen sie fast nie. Sie sind gemein, sie gehören nicht in unsere Welt, obwohl sie doch von dieser Welt sein müssen.

Es gibt ja sonst keine andere Welt. Es gibt nur die eine Welt. Die *EVAs* sind genauso in dieser Welt, wie wir es sind, oder wie Drei-Zehn es ist. Nur gehören wir nicht hierher. Nicht an diesen Ort.

Drei-Zehn und wir gehören in dasselbe Bett, solange wir hier sind. Wir teilen unser Bett für immer! Und die *EVAs* werden es nicht verhindern.

✳ ✳ ✳ ✳

Viele Tage sind vergangen, und wir sind immer noch hier in diesem Gebäude, in dieser Einrichtung. Welchen Zweck das hier alles hat, wissen wir nach wie vor nicht. Tag um Tag, Nacht um Nacht halten wir uns hauptsächlich in diesem Zimmer 101 auf. Und niemand außer uns bewohnt noch diesen Raum. Alle anderen sind vor kurzem oder bereits vor langer Zeit verschwunden.

Einen großen Teil unserer Lebenszeit haben wir hier verbracht. Wir sind froh, dass wir uns haben. Wir sind froh, dass wir unsere Drei-Zehn haben. Ohne Drei-Zehn können wir das alles hier nicht überleben. Wir brauchen sie und sie braucht uns. Gegenseitig spenden wir uns Kraft, um die Strapazen hier überstehen zu können.

Und zum Glück haben die *EVAs* immer noch nicht herausgefunden, dass Drei-Zehn kein Bub ist. Sie selbst versucht, es nach wie vor zu verstecken. Wir wollen alle nicht wissen, was passiert, wenn sie feststellen, dass hier ein Mädchen in diesem Zimmer ist. Sie hält ihre roten und wunderbar glänzenden Haare kurz. Genauso kurz wie an dem Tag als wir sie das erste Mal gesehen haben. Sie versucht, immer noch so auszusehen wie am ersten Tag. Sich das jungenhafte Erscheinungsbild zu erhalten.

Allmählich verändert sich jedoch ihr Körper. Etwas wächst an ihrem Oberkörper. Wir haben es schon vor einiger Zeit bemerkt – so lange zumindest fühlt sich diese Zeitspanne an – aber wir dachten, es geht wieder weg. Zwei kleine Erhebungen formen sich langsam auf ihrem Oberkörper. Winzig kleine Hügel, die einfach in oder an ihrem Körper wachsen.

Aber weshalb?

Ist Drei-Zehn krank?

Oder warum passiert das nicht auch mit unserem Körper?

Und dann kommt uns doch noch die Erinnerung, dass unsere Mutter auch solche wohlgeformten Hügel hatte. Wir glauben uns zu erinnern, dass sie diese zwei Körperteile Brüste nannte. Und wenn wir uns nicht irren, durften wir sogar, als wir ganz klein waren, auch daran saugen – und dann trat eine weiße Flüssigkeit daraus aus, die wir aufleckten. Mutter meinte jedoch auch, dass dies strengstens verboten sei und wir niemals irgendjemandem irgendetwas davon erzählen dürften.

Tage später, kurz vor der Schlafenszeit, sind wir wie immer allein. Drei-Zehn hat sich ihres Hemds entledigt und ist dabei, den Stoff, den sie tagsüber straff um ihre Brüste gebunden hat, abzuwickeln. Denn eines Tages waren wir der Meinung, dass wir ihre Hügel vor ihnen verstecken müssen. Wir haben Angst, dass sonst etwas passiert, was wir nicht wollen.

Und so haben wir heimlich ein Bettlaken solange streifenartig auseinandergerissen, bis ein schier unendlich langer Stoff-streifen daraus entstanden ist.

Dieses lange, schmale Tuch bindet sich Drei-Zehn nun jeden Morgen ganz straff um ihre Brüste, bis sie genauso flach wie unsere sind, und somit nicht mehr zu erkennen. Sie muss einfach mehr wie ein Bub aussehen, nichts darf sie verraten. Niemand darf erfahren, was mit ihrem Körper passiert, dass sie anders ist als wir.

Abends entledigt sich Drei-Zehn stets ihres Gebindes. Da sie es immer so fest und straff wie möglich zieht, bekommt sie tagsüber öfters kaum Luft. Manchmal ist es zu viel. Aber sie will nicht riskieren, dass es eines Tages zu locker sitzen könnte und sie selbst dadurch ihr Geheimnis verrät. Und jetzt macht sie es wieder, so wie jeden Abend; und wickelt sich langsam den Stoff vom Körper.

Heute aber ist etwas anders. Normalerweise wenden wir Drei-Zehn immer den Rücken zu, damit wir sie nicht sehen, wenn sie das macht. Doch diesmal drehen wir uns zu voreilig um und blicken direkt auf ihre – durch den Druck rot gewordenen – Brüste. Sie heben sich regelrecht leuchtend von ihrer ansonsten strahlend weißen Haut ab. Und dieser Anblick ist einfach wunderschön für uns. Ein faszinierendes Bild für unsere Augen.

Erst Sekunden später bemerkt Drei-Zehn unseren Blick auf ihren winzigen, wohlgeformten Hügeln. Sie blickt etwas überrascht, jedoch nicht böse drein. »Was ist?«, fragt sie uns in gleichzeitig verwundertem und neugierigem Ton.

»Ach, nichts. Wir bewundern dich nur«, antworten wir etwas verlegen.

»Aha?«

»Deine neuen Erhebungen, die dir wachsen. Sie ... ! Wir meinen ... Was wir sagen wollen, ist, dass sie dich noch schöner machen. Und sie sehen einfach bezaubernd aus.«

»Oh! Danke ... denke ich«, antwortet uns Drei-Zehn etwas zerstreut, und fügt dann entschlossen hinzu: »Miisa, willst du sie anfassen?«

»Was anfassen?«, entgegnen wir ihr so verwirrt wie überrascht.

»Meine kleinen Hügel!«

»Deine kleinen Hügel?«

»Ja, meine Hügel!«

Wir sind erstaunt und durcheinander, gleichzeitig jedoch haben wir auch etwas Angst. Aber Drei-Zehn scheint fast darauf zu bestehen, dass wir das jetzt machen.

»Wenn du willst«, entgegnen wir dann aber mit vager Vorfreude.

»Ja, das will ich!«

Wir nehmen all unsere Kräfte und unseren Mut zusammen und strecken die Hände aus. Wir überlegen, ob wir die Augen schließen sollen oder offenhalten – und entscheiden uns, sie nicht zu schließen. Ein unbekanntes Kribbeln macht sich allmählich in unserem Körper breit. Während wir unsere Hand heben und in Richtung Drei-Zehns beiden Erhebungen ausstrecken, merken wir noch beiläufig – und dabei mehr zu uns selbst als an das Mädchen gerichtet – an: »Mutter hat sie immer Brüste genannt.«

»Es fühlt sich toll an«, geben wir zu, nachdem wir einige Sekunden lang einfach nur beide Hände auf die Brüste von Drei-Zehn gelegt und dort ruhen haben lassen.

»Ja, das tut es«, entgegnet uns Drei-Zehn erstaunt und von sich selbst überrascht, »mach weiter!«

Da uns diese Einladung gefällt, kommen wir ihr gerne nach. Ganz langsam fangen wir damit an, die Hände im Kreis zu bewegen. Mit den hohlen Handflächen, die sich perfekt an die kleinen Hügel schmiegen, beginnen wir, sie sanft zu streicheln. Dabei schließt Drei-Zehn ihre Augen und beginnt kräftiger zu atmen.

»Alles okay? Sollen wir damit aufhören?«, fragen wir vorsichtig, da wir nicht wissen, was wir von ihrer neuen Körpersprache halten sollen.

»Nein, im Gegenteil! Mach weiter, es ist schön«, entgegnet sie uns lächelnd.

Wir antworten nicht darauf und machen einfach weiter. Sanft streicheln wir ihre wohlgeformten kleinen Erhebungen weiter. Langsam werden wir schneller und üben mehr Druck aus. Auch, als wir manchmal etwas fester zudrücken, sogar kneifen, verzieht Drei-Zehn einfach nur noch freudiger das Gesicht. Ihr scheint es sehr zu gefallen, was wir hier machen.

Und wir mögen es auch. Das, was wir hier machen. Wir spüren eine wachsende Lust in uns, die wir zuvor noch nicht gekannt haben. Es macht uns glücklich, und etwas passiert in unserem Körper – etwas, das wir unmöglich beschreiben können, weil wir die passenden Worte nicht kennen. Diese Brüste sind auch ganz anders als die Brüste von Mutter.

»Aaahh«, stöhnt Drei-Zehn auf. Ganz in Gedanken verloren, haben wir unbewusst mehrmals über ihre Brustwarzen gestrichen. Doch als wir in ihr Gesicht schauen, sehen wir nur Erregung und Begeisterung darin.

»Oh! Tut uns leid«, murmeln wir trotzdem und nehmen gleichzeitig unsere Hände von ihrer weichen Haut.

»Nicht aufhören! Weitermachen«, befiehlt sie uns jetzt mit lauter werdender Stimme.

»Okay«, entgegnen wir ihr leise. Etwas zaghafter als zuvor greifen wir mit unseren Händen wieder an die zarten Brüste von Drei-Zehn, und beginnen erneut, sie zu streicheln. Dabei werden wir langsam wieder energischer und berühren auch öfters ihre Brustwarzen.

Dem rothaarigen Mädchen scheint das zu gefallen, und sie stöhnt immer wieder auf. Wir wissen zwar nicht, was dieses

Stöhnen zu bedeuten hat, und warum sie es überhaupt macht. Aber anscheinend ist es wohl ein Ausdruck, dass es ihr gefällt. Wir haben keine Ahnung, was wir hier machen, doch wir wollen nicht damit aufhören.

Das erregende Ächzen von Drei-Zehn wird immer lauter und manchmal schleichen sich sogar kleine Schreie ein. Doch ihr Gesicht mit den geschlossenen Augen zeigt keine Art von Schmerzen oder Unbehagen. Im Gegenteil, es ist immer noch voller Glückseligkeit und Begeisterung. Ein seltsamer Zustand, den anscheinend bloß dieses einfache Streicheln ihrer Brüste und Brustwarzen bewirkt hat.

Und plötzlich kommt ein lauter Schrei. Ein Schrei, der das Zimmer regelrecht zum Beben bringt. Eine intensive, langgezogene laute Tonfolge, die uns in den Ohren schmerzt. Drei-Zehn, immer noch mit geschlossenen Augen, kippt zurück, landet auf ihrem Rücken, fängt schwer zu atmen an (sie keucht förmlich) und macht dann plötzlich keine Anstalten mehr, sich zu bewegen.

Was ist mit ihr?

Was haben wir bloß gemacht?

Hat ihr das jetzt geschadet?

Und hoffentlich haben die *EVAs* das nicht gehört?

»Drei-Zehn, geht es dir gut?«, fragen wir vermutlich schon zum vierten Mal innerhalb kürzester Zeit, doch sie rührt sich immer noch nicht. Jedoch atmet sie schwerfällig (manchmal keucht sie sogar), und ihre Augen sind nach wie vor geschlossen.

Nach einer gefühlten Ewigkeit öffnet Drei-Zehn doch noch ihre Augen und stöhnt dabei auf. Etwas unbeholfen versucht sie sich aufzurichten und hinzusetzten. Sie wackelt gefährlich und ist kurz davor, erneut nach hinten zu kippen. Wir reichen ihr einen Arm und helfen ihr, eine bequeme Sitzposition einzunehmen.

»Alles okay bei dir?«, erkundigten wir uns noch einmal.

»Ja, mir geht es gut, Miisa.«

»Schön«, nicken wir zufrieden und fragen dennoch leicht verwundert: »Was ist passiert?«

»Ich weiß es nicht«, entgegnet uns das noch wackelige Mädchen.

»Wie, du weißt es nicht?«

»Ich weiß es einfach nicht, ich kann es dir nicht sagen. Ich kann es nicht erklären«, antwortet sie etwas kühl und dennoch verwirrt.

»Kannst du uns sagen, wie es war? Ob du etwas gefühlt hast? Was du gefühlt hast?«

»Du lässt wohl nicht locker, wie?«, fragt mich die Rothaarige jetzt mit einem leicht gezwungenen Lächeln auf ihren vollen Lippen. Während wir ihre Feststellung mit leichtem Nicken bestätigen, ergreift sie auch schon wieder das Wort und fährt fort:

»Nett, dass du dir Sorgen machst. Aber ich weiß wirklich nicht, wie ich das beschreiben soll. Du kannst jedoch beruhigt sein, mir ist nichts passiert. Es war zwar ein sehr ungewohntes Gefühl, jedoch fühlte ich mich dabei recht wohl. In meinem Körper hat sich eine Art Kribbeln ausgebreitet. Ich war dann einfach zu erschöpft – von diesen tollen neuen Dingen, die mein Körper mit mir anstellte.«

»Ein komisches, jedoch schönes Kribbeln haben wir auch in unserem Körper vernommen«, geben wir nun zu.

»Oh! Das ist aber seltsam! Scheint jedoch gut zu sein.«

»Stimmt, Drei-Zehn. Wir können es nicht erklären, aber es war einfach toll.«

»Ja, das war es.«

»Wir sollten es vielleicht wieder einmal probieren«, ereifern wir uns jetzt.

»Ja, das können wir. Vielleicht.«

Drei-Zehn unterbricht sich kurz selbst und wechselt dann sofort das Thema:»Wir sollten jetzt schlafen, Elf.«

»Ja, das sollten wir«, stimmen wir ihr zu, obwohl wir etwas enttäuscht sind. Vermutlich aber hat sie recht. Morgen ist auch noch ein Tag, wo wir darüber reden können. Und wir brauchen wirklich unseren Schlaf. Wir sind bereits viel zu lange wach. Wir schlüpfen unter die Decke und schließen die Augen. Ein Gedanke jedoch spukt noch eine Weile in unserem Kopf herum.

{haben die *EVAs* das bemerkt}

✴ ✴ ✴ ✴ ✴ ✴

Oh nein! Sie tut es wieder. Drei-Zehn macht es schon wieder. Wir dachten, sie hätte damit aufgehört, bereits vor Wochen. Doch wir haben uns wohl getäuscht. Lange hat sie uns nicht mehr im Schlaf geschlagen. Doch jetzt macht sie es wieder. Sie hat erneut damit angefangen. Und es tut weh. Es bereitet uns Schmerzen – Schmerzen, an die wir nicht mehr gewöhnt sind.

Wir versuchen, uns wieder zu erinnern, was wir dagegen gemacht haben, und denken nach. Wir wissen es nicht mehr. Drei-Zehn schlägt uns immer fester und in kürzer werdenden Abständen. Wir müssen uns endlich daran erinnern. Doch wir können es nicht. Endlich aber – ist es wieder da. Wir wissen es wieder.

Ein dürftiges Lichtlein im finstersten und schwärzesten Tunnel der Erinnerungen. Es ist noch da, ganz schwach und fast erloschen, jedoch kämpft der kleine Funke immer noch gegen die Dunkelheit an. Wird denn das Finstere bald siegen? Nein, es ist noch nicht zu spät. Wir bewegen uns auf das Lichtlein zu und fangen es ein. Spenden ihm Zunder; und es beginnt, von neuem Kraft zu schöpfen. Langsam erhellt es sich wieder, und der verblasste Funken wächst allmählich zu einer kleinen Flamme empor. Bis es so stark ist, dass es die Dunkelheit um sich herum vertreibt. Das Licht ist erneut Herr über die Schatten in der Finsternis geworden. Der Tunnel der Erinnerungen ist erhellt – das Wissen wieder abrufbar.

»Umarmen!«, schallt es uns durch den Kopf. Wir müssen Drei-Zehn umarmen. Ganz vorsichtig bewegen wir unsere Hände an ihren Körper, schmiegen uns sanft an sie. Dann halten wir sie umschlungen und drücken immer fester. Sie muss uns spüren. Sie muss merken, dass wir für sie da sind und sie beschützen. Sie darf sich nicht allein und verlassen fühlen, in dieser grausamen Welt. Sie braucht uns, und wir brauchen sie.

Doch sie will nicht damit aufhören, um sich zu schlagen. Wir drücken sie fester, haben Mühe, sie festzuhalten. Sie scheint uns immer noch nicht zu spüren. Unsere Wärme kann nicht zu ihr durchdringen. Wir wissen nicht, was sie hat; sie will uns nicht an sich heranlassen. Welche schrecklichen Gedanken müssen ihr wohl momentan durch den Kopf gehen?

Welche Träume, welche Albträume schweifen in ihrem Geist umher?

Wir sind ratlos. Doch etwas müssen wir doch tun können. Irgendetwas muss es doch geben, was Drei-Zehn wieder zur Vernunft bringt. Vermutlich weiß sie ja gar nicht, was sie tut. Wie ihr Körper gerade handelt. Gut möglich, dass sie die Kontrolle über sich verloren hat, denn ihre Glieder zucken immer mehr und immer heftiger, und das kann sie doch unmöglich bewusst steuern.

Wecken! Wir müssen sie aufwecken. Sie muss wach werden – aus ihren Albträumen erwachen. Nur dies kann die Lösung sein. Aber wir haben sie noch nie geweckt. Wir wissen nicht, was dann mit ihr passiert – was dann vielleicht auch mit uns passieren kann. Wir wissen es nicht und haben Angst davor.

Doch es gibt keine andere Möglichkeit, wir müssen es wohl oder übel riskieren. Schlimmer kann es nicht mehr werden. Das hoffen wir zumindest.

Und dann fangen wir an, sie zu rütteln; und beginnen, zu rufen:»Drei-Zehn! Drei-Zehn! Aufwachen!« Nichts, rein gar nichts. Sie bemerkt es nicht. Sie registriert uns gar nicht. Dann packen wir sie noch fester und schütteln sie noch heftiger durch und schreien noch lauter:»Drei-Zehn! Oh, Drei-Zehn, kannst du uns hören? Wach bitte auf! Du machst uns Sorgen!«

Und dann öffnet sie doch noch die Augen, blickt sehr verwirrt um sich und versucht, etwas von sich zu geben, da sie ständig von ihrem eigenen Keuchen unterbrochen wird:»W-o, wo bin ich? Wa-as ist passiert?«

»Du bist immer noch hier bei uns im Zimmer 101, Drei-Zehn. Du hast im Schlaf wild um dich geschlagen und dabei auch uns geschlagen. Hattest du einen Albtraum?«, fragen wir sie so einfühlsam und ruhig als möglich.

»I-ich ka-ann mich nicht erinnern. Ich glaube, ich habe nicht geträumt, ich weiß es nicht. Aber mir ist heiß, und mein Hemd ist ganz nass«, stellt Drei-Zehn mit zitternder Stimme fest.

»Ja, das haben wir auch bemerkt. Du solltest vielleicht deine Kleidung ausziehen.«

»Meinst du, das hilft?«

»Ja, wir denken schon. Sie ist ganz feucht und dir ist ganz heiß.«

»Na gut, vermutlich hast du recht«, sagt das Mädchen vorsichtig und immer noch etwas verwirrt.

Drei-Zehn streift ihr Hemd ab und liegt nun ganz nackt neben uns. So entblößt haben wir sie noch nie gesehen. Und ihre Brüste sind noch ein Stück mehr gewachsen. Sie sind zwar klein, aber sehen vollkommen und wohlgeformt aus. Das letzte Mal haben wir sie vor mehreren Wochen gesehen, damals, als wir sie einmal streicheln durften.

»Mir ist kalt«, sagt sie jetzt leise, während wir sie immer noch beobachten.

»Dann kriech doch unter die Decke, sie wird dich wärmen«, geben wir ihr zur Antwort, etwas enttäuscht, jedoch in bemüht verständnisvollem Ton. Kaum sind die Worte ausgesprochen, zieht sie sich auch schon die Decke über ihren zarten, immer noch leicht zitternden Körper.

Nachdem sie einige Minuten lang ganz still unter dem Laken gelegen hat, sagt sie:»Miisa?«

»Ja, Drei-Zehn?«

»Mir ist immer noch kalt!«

»Sollen wir dir unsere Decke auch noch geben?«

»Nein!«

»Nein?«

»Ich will, dass du dich zu mir unter meine Decke legst.«

»Okay, das machen wir!« Etwas überrascht, aber mit diffusen Glücksgefühlen in uns nehmen wir den dünnen Stoff beiseite und wollen zu Drei-Zehn unter die Decke schlüpfen.

»Miisa?«, wirft das Mädchen erschöpft in den Raum.

Wir stoppen sofort:»Ja?«

»Zieh dir auch deine Sachen aus.«

»Wir sollen uns auch ausziehen?«

»Ja, das sollst du!«

»Aber dann sind wir auch nackt!«

»Ja, ich weiß.« Dabei formt sich ein Lächeln auf Drei-Zehns blutroten Lippen.

»Bist du dir sicher?«

»Ja, das bin ich!«

»Gut.« Wir folgen der Aufforderung und entledigen uns rasch unserer Kleider. Dann schlüpfen wir unter die Decke und umarmen den fröstelnden Körper.

»Drück mich fester und rutsch noch näher an mich ran!«, sagt sie, und wir gehorchen. Ganz eng rutschen wir an das

Mädchen heran, bis unser nackter Körper komplett an ihrem immer noch frierenden Leib liegt.

»Jetzt wird mir endlich warm«, vertraut mir Drei-Zehn glücklich an.

»Ja, uns wird auch warm«, lächeln wir.

Und dann vernehmen wir ein ungezügeltes Zucken. Das Zucken kommt jedoch nicht von uns – es kommt von Drei-Zehn. Dadurch werden wir wieder geweckt. Zum zweiten Mal in dieser Nacht. Dem bedauernswerten Mädchen in unseren Armen scheint es nicht gut zu gehen. Etwas muss sie bedrücken. Oder sie hat schon wieder einen Albtraum. Wir wissen es nicht. Sie zuckt noch einmal und weckt sich dadurch selbst auf. Sie ist wach. Wir sind wach. Alle zusammen sind wir nun schon wieder wach.

»Hast du denn jetzt schlecht geträumt?«, fragen wir die schon wieder leicht durchgeschwitzte Drei-Zehn fürsorglich.

»Ich weiß es wieder nicht. Ich kann es einfach nicht erklären. Ich kenne die Worte dafür nicht!«

»Ist schon gut, wir sind ja bei dir. Dir kann nichts passieren.«

»Bist du dir da so sicher?«

»Ja, wir werden dich beschützen!«

Drei-Zehn antwortet nur mit einem leichten Nicken, das wir an unserer Schulter fühlen. Die Bewegungen ihres Körpers übertragen sich auf unseren Körper.

»Miisa?«, flüstert sie nach kurzer Zeit.

»Ja?«

»Bitte halt mich noch fester!«

»Aber natürlich«, und während wir noch antworten, schlingen wir schon unsere Arme fester um den Körper des Mädchens und drücken ihn noch mehr an uns heran. Wir wollen daraufhin noch etwas sagen, doch wir bleiben stumm, denn Drei-Zehn dreht sich so zu uns um, dass sich fast unsere Nasenspitzen berührten.

»Miisa?«, und indessen sie die Worte spricht, spüren wir ihren sanften Atem in unserem Gesicht.

»Ja, Drei-Zehn.«

»Hör auf zu reden.«

Wir öffnen den Mund und wollen darauf etwas erwidern, aber wir kommen nicht mehr dazu. Drei-Zehn presst ihre Lippen auf unsere und bewegt vorsichtig ihre Zunge in unserem Mund, bis sie die unsere berührt. Keine Ahnung, wie wir das beschreiben sollen und wie man das nennen kann. Auf alle Fälle löst dieses unbekannte Gefühl vollkommenes Wohlbehagen und Glückseligkeit aus. Und Drei-Zehn umarmt uns dabei noch fester und beginnt dazu, unseren Körper zu streicheln.

»Streichle meine Brüste, so wie du es schon einmal gemacht hast«, haucht sie uns aufgeregt ins Ohr. Wir sind verwirrt und überrascht, greifen jedoch gerne vorsichtig an die beiden Hügel an Drei-Zehn Körpers, und beginnen damit, sie zu streicheln und zu kneifen; sie stöhnt zärtlich dabei auf.

Und dann plötzlich fasst sie uns zwischen die Beine.

Und wir tun es ihr gleich – und strecken unsere Hand ihrem geheimnisvollen Schritt entgegen.

Von der Wiege bis zur Bahre,
drei Sekunden, sieben Jahre:
Warum fliegen Motten stets ins Licht?
Was ist, wenn die Stunde schlägt,
man noch ein Wort zusammenzählt:
Wenn alles ist gesagt und auch getan?

Tineoidea (2003) ©SAMSAS TRAUM

ANMERKUNGEN

SEITE 9: HALMSTAD-V

„V-Halmstad" ist das fünfte Album der schwedischen *Suicide Black Metal* Band SHINING, welche aus der gleichnamigen Kleinstadt kommt. Ich selbst habe einige Wochen an diesem schönen Küstenort südlich von Göteborg verbracht.

SEITE 23: BESCHÜTZER

Die „Beschützer" sind eine überwachende Polizeieinheit in Jewgeni Samjatins dystopischem Roman WIR (russisch: Мы), welcher im Jahre 1920 fertiggestellt wurde. Dieses Buch war und ist immer noch eine große Inspiration für mich.

SEITE 47: DEMON

„Demon" [de'moːn]: schwedisch, nicht englischsprachig; jedoch gleichbedeutend.

SEITE 178: ZIMMER 101

Das mysteriöse „Zimmer 101" stammt aus George Orwells Roman **1984**. Eine Art Folterkammer, wo jeden Menschen seine persönliche Hölle erwartet. Dieses Werk zählt seit vielen Jahren zu meinen absoluten Lieblingsbüchern.

Dʌnke, Thʌnx, Tʌck & Kiitos

In Chʌotic Order

KAFFEE

Aus datenschutzrechtlichen Gründen werden folgende Menschen nur mit Vornamen genannt:
Lisa, Vanessa, Althea, Anja, Iris, Maria, Verena, Lucy, Barbara, Babsi, Eva, Carina, Ida, Andreas, Thomas, Michaela, Tina, Lukas, Gwendolin, Tini, Carina, Tamara, Melanie, Sina, Michaela, Maja, Beri, Peter, Berni, Monika.
Familie.
Arbeitskolleg*Innen
Alle, die ich vergessen habe. (Sorry.)
Alle, die dieses Buch gekauft und/oder gelesen haben.

Doch der meiste Dank gebührt meinem guten Freund **Tim Sklenitzka**, welcher, abgesehen von mir selbst, wohl am meisten Zeit und Herzblut in diese Geschichten investiert hat: ganz gleich, ob es ums Probelesen, um Feedback oder um das ein oder andere vorläufige Lektorat ging, Tim hatte immer etwas Kreatives, Konstruktives und Kritisches beizutragen. Wusste weiter, wenn ich es nicht mehr tat, und hat mich auf so manche Idee gebracht. Und vor allem inspiriert und motiviert, um letztendlich dieses Werk zu vollenden. DANKE!
Und wer mehr von Tim *lesen*; Verzeihung, eher: *hören und sehen* will, kann dies hier tun:

www.facebook.com/AeonsOfAshes

Eines Tages aufgewacht
An dem Morgen aufgemacht
Strömt es herein durch alle Ritzen
Und würde dich am liebsten schlitzen

Ich schließe meine Augen um zu sehen
Was ich wollte nicht verstehen
Da hat der Dämon es gewagt
Und mir etwas ins Ohr gesagt

Siehst du das Licht? √ **Ich seh das Licht**
Es begehrt dich nicht! √ **Ich mag es nicht**
Wagst du es noch anzustreben? √ **Ich seh das Licht**
Wird es beenden dein Leben? √ **Ich mag es nicht**

Ich laufe durch die Gänge
Irgendwo hier werde ich versieben
Etwas hat mich angelacht
Ich habe es gleich angemacht

Die Schönheit in den Augen sticht
Verführerisch das Lichtlein bricht
Es strahlt so grell und blendet
Vor lauter Glanz es endet

Hör auf zu schreien
Versuch dich nicht zu wehren
Bald wird alles schlechter werden
Stürz hinab in dein Verderben

AugenAngst (2081) ©FELICITY KRIS

Aufgewacht in dunklen Räumen
Welche verziert mit schwarzen Träumen
Hier erleuchtet sich kein Licht
Welches mit der Sonne spricht

Ich schweife geschunden umher
Doch findet hier sich gar nichts mehr
Außer diesem Schmerz der mich kennt
Und vollkommen meine Gedanken lenkt

Ich befühle mit meinen Händen die Mauern
Und fürchte die Gefahren die hier lauern
Auf der Suche nach der Wichtigkeit
Ich habe gewonnen, ich bin bereit

Ich habe Angst vor dieser Dunkelheit!
Hier gibt es nichts, was mich befreit!
Ich fühle mich verloren hier im Sonnenlicht!
Ich will, dass es nun wieder bricht!

Meine Sonne sie leuchtet nun
Und niemand kann dagegen etwas tun
Ich allein bestimme über ihr Bestehen
Ich alleine weiß wann sie wird gehen

Ich will raus hier aus diesem Loch
Doch ich schuf mir mein ganz eignes Joch

KLICK √ Das Licht ist angegangen
KLICK √ Ich fühl mich hier gefangen

KuunstLich(t) (2081) ©FELICITY KRIS

Willkommen im Jahr 2084
Willkommen in einer noch schöneren neuen Welt
Willkommen in der KOLON!E